Ahí está Félicie

Georges Simenon, nacido en 1903 en Lieja (Bélgica), dio sus primeros pasos como reportero y como autor de novelas populares escritas bajo seudónimo. En 1931 publicó, por primera vez con su propio nombre, *Pietr, el Letón*, que presentaba al imperturbable comisario de policía parisino Jules Maigret, personaje que retomó en novelas y relatos a lo largo de las cuatro décadas siguientes, mientras su obra más amplia le granjeaba la reputación de ser uno de los escritores esenciales del siglo xx. Viajero intrépido, con un profundo interés en la gente, Simenon se esforzó, en la literatura y en la realidad, por comprender —y no por juzgar— la condición humana en todos sus matices. Sus libros figuran entre los más leídos del canon mundial.

GEORGES SIMENON

Ahí está Félicie

Traducción de
Leandro Rojo

DEBOLS!LLO

Papel certificado por el Forest Stewardship Council®

Penguin
Random House
Grupo Editorial

Título original: *Félicie est là*

Primera edición: mayo de 2025

Printed in Spain – Impreso en España

ISBN: 978-84-663-8213-7
Depósito legal: B-4.577-2025

Compuesto en M. I. Maquetación, S. L.

Impreso en Black Print CPI Ibérica
Sant Andreu de la Barca (Barcelona)

P 3 8 2 1 3 7

Ahí está Félicie

1

El entierro de Pata de Palo

Fue un segundo extraordinario, pues aquello no duró más de un segundo, como se dice que ocurre con los sueños que nos parecen más largos. Años después, Maigret aún podía mostrar el lugar exacto, el trecho de acera sobre la que tenía los pies entonces, el sillar sobre el que se perfilaba su sombra... Podía no solo recordar los menores detalles de la escena, sino volver a sentir el aroma y las vibraciones que había en el aire entonces y que le recordaban a su infancia.

Era la primera vez en el año que salía sin abrigo, y la primera que se encontraba en el campo a las diez de la mañana. Incluso su gran pipa le sabía a primavera. Todavía hacía fresco. Maigret avanzaba con pasos pesados y las manos en los bolsillos del pantalón. Félicie caminaba a su lado, un poco más adelante, obligada a dar dos pasos rápidos por cada uno que daba él.

Pasaron ante una fachada nueva de ladrillos rosados. En el escaparate había algunas verduras, dos o tres quesos y unas morcillas sobre un plato de loza.

Félicie se adelantó corriendo, estiró el brazo y empujó una puerta vidriera, y fue entonces, sin duda a causa de la campanilla, cuando se produjo el fenómeno.

La campanilla de la tienda no era una campanilla cualquiera. Detrás de la puerta colgaban unos ligeros tubos metálicos y al abrirla entrechocaban y, como un carillón, producían una música etérea.

Cuando Maigret era niño, en su pueblo había un carillón parecido a aquel, en casa del charcutero, que acababa de reformar su tienda. De ahí que en aquel momento Maigret se quedara como en suspenso. Durante un tiempo imposible de determinar, se sintió fuera de la escena que estaba viviendo; la veía como si no se encontrara en la piel del gordo comisario que entraba detrás de Félicie.

Parecía más bien que quien estaba allí era el muchacho de antaño, escondido en alguna parte, invisible, mirándolo todo y aguantándose las ganas de partirse de risa.

Vamos a ver, pero ¿era serio aquello? ¿Qué hacía aquel señor grave e imponente en aquel escenario que no tenía más consistencia que un juguete, detrás de Félicie, con su ridículo sombrero rojo salido de las páginas de una revista para niños?

¿Era un nuevo caso? ¿Estaba investigando un asesinato, buscando un culpable, mientras los pajarillos cantaban, mientras la hierba se mostraba de un verde inocente, los ladrillos de un color rosado de caramelo y cuando por todas partes había flores recientes y hasta los mismos puerros del escaparate parecían flores?

Sí, más tarde recordaría aquel instante, y no siempre con buen humor. Durante años y años, en ciertas alegres mañanas primaverales, permaneció la tradición en el Quai des Orfèvres de decirle al comisario, con una seriedad teñida de ironía:

—Oye, Maigret…

—¿Qué pasa?

—¡Ahí está Félicie!

Y el comisario recordaba la delgada silueta vestida con ropa estrafalaria, los grandes ojos del azul de la raspilla, la nariz que parecía burlarse de él y, sobre todo, el sombrero, aquel espantoso sombrerito bermellón colocado en la coronilla y rematado por una afilada pluma de un verde cobrizo.

«¡Ahí está Félicie!».

Un gruñido. Era bien sabido que Maigret empezaba a gruñir como un oso cada vez que le recordaban a Félicie, que le había dado más problemas que todos los tipos duros a los que había enviado a la cárcel.

Aquella mañana de mayo, Félicie estaba allí, de pie en el umbral de la tienda. Por encima de los anuncios transparentes de almidón o de pasta para limpiar metales, se leía en letras amarillas: ULTRAMARINOS MÉLANIE CHOCHOI. Félicie esperó a que el comisario saliese de su ensoñación.

Finalmente, Maigret dio un paso. Se encontró de nuevo en la vida real y retomó el hilo de su investigación sobre la muerte de Jules Lapie, llamado Pata de Palo.

Félicie, con sus afilados rasgos, agresiva a fuerza de ironía, esperaba sus preguntas como llevaba haciendo desde aquella mañana. Detrás del mostrador, Mélanie Chochoi, una mujeruca de baja estatura, con las manos cruzadas sobre el grueso vientre, contemplaba a la extraña pareja que formaban el comisario de la policía judicial y la criada de Pata de Palo.

Maigret daba pequeñas chupadas a su pipa. Observaba alrededor los estantes marrones llenos de botes de conservas y después, a través del cristal, la calle inacabada en la que los árboles recién plantados no eran más que enclenques hijuelos. Sacó su reloj del bolsillo y dijo por fin con un suspiro:

—Usted entró aquí a las diez y quince minutos, me ha dicho. Es así, ¿verdad? ¿Cómo sabe qué hora era exactamente?

Una leve sonrisa desdeñosa distendió los labios de Félicie.

—Venga a ver —dijo.

Cuando Maigret se acercó, Félicie le señaló la trastienda, que le servía de cocina a Mélanie Chochoi. En la penumbra se distinguía un sillón de mimbre, en el que un gato anaranjado estaba acurrucado sobre un almohadón rojo; justo encima, sobre un anaquel, un reloj marcaba las 10.17.

Félicie tenía razón. Siempre la tenía. En cuanto a la tendera, se preguntaba qué venía a hacer aquella gente a su casa.

—¿Qué compró usted?

—Una libra de mantequilla. Deme una libra de mantequilla, señora Chochoi. El señor comisario quiere que haga exactamente lo que hice anteayer. Y ahora... medio kilo de sal, ¿verdad? Espere... Deme también una bolsita de pimienta, una lata de tomates y dos chuletas.

Todo era extraño en el mundo en que Maigret vivía aquella mañana, y tenía que hacer un esfuerzo para convencerse de que él mismo no era una especie de gigante tambaleante en medio de una construcción de juguete.

A pocos kilómetros de París había dejado atrás las márgenes del Sena. En Poissy había ascendido la colina y, de repente, en la realidad de los campos y los huertos, había descubierto aquel mundo aparte anunciado por un cartel al borde del camino nuevo: URBANIZACIÓN JEANNEVILLE.

Pocos años antes, en aquel lugar debía de haber los mismos campos, los mismos prados y los mismos bosquecillos que en otros sitios. Entonces pasó por allí un hombre de negocios, cuya mujer o cuya amante se llamaba sin duda Jeanne, y nació el nombre de Jeanneville que ostentaba aquel mundo en gestación.

Habían trazado calles, avenidas plantadas con árboles aún inseguros, con los delgados troncos rodeados de paja para protegerlos del frío.

Habían construido aquí y allá villas y chalets, pero aquello no constituía ni un pueblo ni una ciudad, era un universo aparte, incompleto: había vacíos entre las construcciones, empalizadas, descampados, farolas de gas ridículamente inútiles en calles que aún no eran más que un nombre en una placa azul.

MI SUEÑO. ÚLTIMA ETAPA. SIN PORTERO. Cada casita tenía su nombre rodeado de adornos, y al fondo estaba Poissy, la plateada cinta del Sena, sobre el que se deslizaban gabarras muy reales, y las vías del ferrocarril, por las que circulaban trenes de verdad. Un poco más lejos, en la meseta, se divisaban las granjas y el campanario de Orgeval.

Allí parecía que lo único real era la vieja tendera, Mélanie Chochoi, a la que los urbanizadores habían descubierto en un pueblo vecino y a la que habían entregado una tienda bonita y nueva para que el comercio no se hallara ausente en aquel nuevo universo.

—¿Qué más, hija?

—Espere… ¿Qué más compré el lunes?

—Horquillas para el pelo.

En casa de Mélanie se vendía de todo, cepillos de dientes y polvo de arroz, queroseno y tarjetas postales.

—Creo que eso es todo, ¿verdad?

Desde la tienda, como había comprobado Maigret, no podía verse el chalet de Pata de Palo ni el callejón que rodeaba el jardín.

—¡La leche! —exclamó Félicie—. ¡Me iba a olvidar de la leche! —Y le explicó al comisario, siempre con su aire altivo—: Me ha hecho usted tantas preguntas, que me he olvidado de traer el cacharro para la leche. De todas formas, el lunes sí lo llevaba. Me lo he dejado en la cocina. Una cacerola azul con lunares blancos, que podrá ver al lado del hornillo de gas butano. ¿No es así, señora Chochoi?

Cada vez que daba un detalle, lo decía desde las alturas, como la mujer de César, de la que nada puede sospecharse.

Era ella quien insistía para que no se olvidase nada.

—¿Qué le dije el lunes, señora Chochoi?

—Me parece que me dijo que mi Zouzou tenía lombrices, porque siempre se está comiendo el pelo.

Zouzou era, obviamente, el minino soñoliento que estaba sobre el almohadón rojo del sillón.

—Espere. También compró usted un *Ciné-Journal* y una novela de veinticinco céntimos.

En un extremo del mostrador se amontonaban las cubiertas multicolores de publicaciones populares, pero Félicie ni siquiera las miró y se limitó a encogerse de hombros.

—¿Cuánto le debo? Dese prisa, porque el señor comisario quiere que todo suceda como el lunes, y no me quedé tanto rato.

Maigret intervino:

—Dígame, señora Chochoi, ya que estamos hablando del lunes por la mañana, mientras atendía a la señorita, ¿oyó usted un automóvil?

La tendera se quedó mirando el paisaje soleado de más allá del escaparate.

—No sabría decirle... Espere. Por aquí no vienen muchos. Solo se los oye pasar por la carretera nacional. ¿Qué día fue eso...? Recuerdo un coche rojo pequeño que pasó por detrás de la casa de los Sébile... Pero en cuanto al día exacto que fue eso...

Por si acaso, Maigret anotó en su libreta: «Coche rojo, Sébile».

Volvió a encontrarse afuera con Félicie, que se contoneaba al caminar y que se había echado el abrigo sobre los hombros como una capa, cuyas mangas flotaban tras ella.

—Por aquí. Para volver a casa siempre tomo el atajo.

Un estrecho sendero, entre huertos.

—¿No se encontró con nadie?

—Espere. Ahora verá.

Y lo vio. Félicie tenía razón. Justo cuando salían a una avenida nueva, pasó el cartero en bicicleta, que acababa de subir la cuesta, se dio la vuelta hacia ellos y gritó:

—¡No hay nada para usted, señorita Félicie!

Félicie miró a Maigret.

—Él me vio aquí el lunes a esta misma hora, como casi todas las mañanas.

Rodearon un chalecito espantoso, enlucido de un azul celeste, situado en el centro de un jardincillo donde podían verse, inmovilizados, varios animales de loza; caminaron a lo largo de un seto; Félicie empujó la portilla y su abrigo pasó rozando una hilera de groselleros.

—Ya está. Hemos llegado al jardín. Ahora verá el cenador.

A las diez menos algunos minutos salieron de la casa por la otra puerta, que daba a una avenida. Para ir a la tienda y volver, habían descrito un círculo casi completo. Bordearon macizos de claveles que habían florecido antes de tiempo, y bancales de hortalizas verde claro.

—*Él* debía de estar ahí —dijo Félicie señalando una cuerda bien tensa y un plantador clavado en la tierra—. Había empezado a trasplantar los tomates. La fila de plantas está a medias. Como no lo vi, pensé que se había ido a beber un vaso de vino rosado.

—¿Bebía mucho?

—Cuando tenía sed. Encontrará su vaso en la bodega, boca abajo sobre el tonel.

Era el jardín de un jubilado meticuloso, una casa como la que millares de hombres afanosos sueñan con construirse para vivir en la vejez. Salieron del sol y entraron en la azulada sombra del patio en el que se prolongaba el jardín. A la derecha había un cenador. Sobre la mesa del cenador, una garrafa de aguardiente y un pequeño vaso de fondo grueso.

—Usted vio la botella y el vaso. Pero esta mañana me dijo usted que su patrón, cuando estaba solo, no bebía nunca aguardiente, sobre todo de la garrafa.

Ella le lanzó una mirada desafiante. Parecía ofrecerle siempre, con cierta ostentación, el azul límpido de sus iris para que leyera en ellos su perfecta inocencia.

—No era mi patrón —repuso.

—Sí. Ya me lo ha dicho usted.

Dios mío… Qué irritante era tener que entendérselas con alguien como Félicie. Cómo le afectaba a los nervios.

—No tengo derecho a revelar secretos que no me pertenecen —dijo ella—. A los ojos de algunos, quizás yo fuera la criada. Pero él no me consideraba de esa manera, y quizás un día se sepa que…

—¿Qué es lo que se sabrá?

—Nada.

—¿Está usted insinuando que era la amante de Pata de Palo?

—¿Por quién me toma usted?

—¿Su hija entonces? —aventuró Maigret.

—No sirve de nada que me pregunte. Algún día, tal vez…

Así era Félicie. Rígida como una tabla de planchar, desabrida, extravagante, con un rostro puntiagudo mal empolvado y mal pintado, como una criadita que se da aires de princesa en un baile, y, de repente, una inquietante seguridad en la mirada, o bien una sonrisa en los labios lejana y llena de irónico desdén.

—Si bebió solo o no, eso no es asunto mío.

Pero el viejo Jules Lapie, llamado Pata de Palo, no bebió solo, Maigret estaba seguro. Un hombre que trabaja en su jardín con sombrero de paja y alpargatas no abandona de repente sus tomateras para ir al aparador a buscar la garrafa de aguardiente añejo y servirse un vaso en el cenador.

En cierto momento, hubo un segundo vaso sobre esa mesa de jardín pintada de verde. Alguien lo hizo desaparecer. ¿Fue Félicie?

—¿Qué hizo usted cuando no vio a Lapie?

—Nada. Entré en la cocina, encendí el hornillo para hervir la leche y saqué agua para lavar la verdura.

—¿Y después?

—Me subí a una caja vieja para cambiar el papel matamoscas.

—¿Con el sombrero puesto? Porque siempre sale usted con sombrero, ¿verdad?

—No soy una persona desastrada.

—¿Cuándo se quitó el sombrero?

—Cuando saqué la leche del fuego. Subí…

Todo es nuevo y flamante en la casa, que el viejo bautizó «Cabo de Hornos». La escalera huele a pino encerado. Los peldaños rechinan.

—Suba. Yo la sigo.

Ella empuja la puerta de su habitación, en la que un somier cubierto con una cretona a flores hace las veces de diván y las paredes están adornadas con fotografías de artistas de cine.

—Ya está. Me quito el sombrero. Pienso: «Vaya… Me he olvidado de abrir la ventana del cuarto del señor Jules». Atravieso el rellano. Abro la puerta y grito…

Maigret sigue dando caladas a su pipa, que ha llenado de nuevo cuando atravesaba el jardín. En el suelo encerado de la habitación de Pata de Palo ve un dibujo a tiza: el contorno de su cuerpo tal como lo descubrieron el lunes por la mañana.

—¿Y el arma? —pregunta el comisario.

—No había arma. Usted lo sabe muy bien, porque habrá leído el informe de la gendarmería.

Encima de la chimenea hay un velero de tres palos, y las paredes están llenas de cuadros que representan todos ellos veleros. Se podría pensar que se trata de la casa de un viejo marinero retirado, pero el teniente de la gendarmería que ha llevado a cabo las primeras investigaciones ya ha informado a Maigret de la curiosa aventura de Pata de Palo.

Jules Lapie no fue marinero jamás, sino contable en una empresa de Fécamp que vende suministros navales, velas, cuerdas y poleas, además de víveres para travesías largas.

Un soltero gordo, meticuloso, maniático tal vez, completamente anodino, cuyo hermano es carpintero naval.

Una mañana, Jules Lapie, a la sazón de unos cuarenta años, sube a bordo del Santa Teresa, un buque de tres mástiles que zarpa ese mismo día para Chile, adonde se dirige para cargar fosfatos. A Lapie se le ha encargado, de manera muy simple, que se asegure de que se entrega toda la mercancía y que reclame el pago al capitán.

¿Qué pasa entonces? Que los marineros de Fécamp se burlan con gusto del meticuloso contable, el cual, cada vez que su trabajo lo obliga a subir a bordo de un barco, se siente muy incómodo. Beben, como es costumbre. Le hacen beber. Sabe Dios lo que le harían beber para emborracharlo de aquella forma…

Lo cierto es que cuando sube la marea y el Santa Teresa se desliza entre los espigones del puerto normando para llegar a alta mar, Jules Lapie, con una borrachera de muerte, ronca en un rincón de la bodega mientras todo el mundo le cree en tierra, o al menos eso asegurarán todos.

Cierran las bodegas. Hasta dos días más tarde no descubren al contable. El capitán se niega a dar media vuelta y apartarse de su ruta, y así es como Lapie, que en ese momento aún tiene las dos piernas, se encuentra rumbo al cabo de Hornos.

Perderá una pierna durante esa aventura, un día que un golpe de mar lo lanzó a través de una escotilla.

Años más tarde, lo matan de un disparo un lunes de primavera, instantes después de abandonar sus tomateras, mientras Félicie hace la compra en la nueva tienda de Mélanie Chochoi.

—Bajemos —dice Maigret con un suspiro.

La casa es tan tranquila, tan placentera, debido a su limpieza de juguete y a sus olores agradables… El comedor, a la derecha, se ha transformado en cámara mortuoria. El comisario se limita a entreabrir la puerta en la penumbra: las persianas están cerradas, y solo unos finos rayos de luz entran en la habitación. El ataúd está colocado sobre una mesa cubierta por una sábana, flanqueado por un cuenco lleno de agua bendita en la que se empapa una ramita de boj.

Félicie espera en el umbral de la cocina.

—En resumen, usted no sabe nada, no vio nada, no tiene la menor idea de la persona a la que su patrón…, en fin, que Jules Lapie pudo recibir en su ausencia.

Ella le sostiene la mirada sin contestar.

—¿Está segura de que cuando regresó no había más que un vaso sobre la mesa del jardín?

—Yo solo vi uno. Ahora que si usted ve dos…

—¿Recibía visitas Lapie?

Maigret se sienta cerca del hornillo de gas butano. De buena gana bebería algo, preferiblemente un vaso de ese vino rosado del que le ha hablado Félicie y cuyo tonel ha visto en la fresca sombra de la bodega. El sol va ascendiendo en el cielo y poco a poco deshace la neblina matinal.

—No le gustaban las visitas.

Curioso hombre, cuya existencia debió de quedar por completo alterada debido a aquel viaje alrededor del cabo de Hornos… De regreso a Fécamp, donde la gente, a pesar de su pierna de madera, no puede evitar sonreír al recordar su aventura, vive más solo que nunca y comienza una larga lucha legal con los armadores del Santa Teresa. Una lucha que terminará ganando a fuerza de tenacidad. Sostiene que la culpa es de la compañía, la cual lo embarcó contra su voluntad, y que, por tanto, los armadores son responsables del accidente. Valora al precio más alto su perdida pierna y gana el juicio, que le reconoce el derecho a una elevada pensión.

Los vecinos de Fécamp se ríen del asunto. Lapie los evita y, para alejarse del mar, que detesta, es uno de los primeros en dejarse seducir por los prestigiosos folletos de los creadores de Jeanneville.

Hace que vaya allí como empleada doméstica a una joven que conoció de niña en Fécamp.

—¿Cuántos años hace que vive con él?

—Siete años.

—Tiene usted veinticuatro. Por tanto, tenía diecisiete cuando… —Deja discurrir sus pensamientos, y de repente pregunta Maigret—: ¿Tiene novio?

Félicie lo mira sin contestarle.

—Le he preguntado si tiene novio —insiste Maigret.

—Mi vida privada es asunto mío.

—¿Lo recibe usted aquí?

—No tengo por qué contestarle.

Es para abofetearla, sí. Hay momentos en que Maigret tiene ganas. O al menos de sacudirla por los hombros.

—En fin, ya me enteraré.

—Usted no se va a enterar de nada en absoluto.

—Ah, ¿que no me voy a enterar de nada…? —Se interrumpe. Todo esto es demasiado tonto. No tiene sentido ponerse a discutir con una chiquilla—. ¿Está segura de que no tiene nada que decirme? Reflexione, aún está a tiempo.

—Está todo reflexionado.

—¿No me oculta nada?

—Eso sería difícil de creer. Con lo listo que parece usted…

—Muy bien. Ya veremos.

—Está todo visto.

—¿Qué piensa hacer cuando llegue la familia, después de que hayan enterrado a Jules Lapie?

—No lo sé.

—¿Piensa quedarse aquí?

—Tal vez.

—¿Espera heredar?

—Es muy posible.

Maigret no logra conservar del todo la calma.

—En todo caso, hija mía, hay una cosa que le ruego que recuerde. Mientras dure la investigación, le prohíbo alejarse sin avisar a la policía.

—¿No tengo derecho a salir de la casa?

—No.

—¿Y si me entran ganas de ir a alguna parte?

—Me pide usted permiso.

—¿Cree usted que lo he matado yo?

—Creo lo que me place, y eso no es asunto suyo.

Ya es suficiente. Está furioso. Se reprocha a sí mismo haberse dejado poner en ese estado por una Félicie cualquiera. ¿Veinticuatro años? Vamos, hombre. Es una chiquilla de doce o trece años que juega a Dios sabe qué juego y que se lo toma en serio.

—Adiós.

—Adiós.

—Por cierto, ¿qué piensa comer?

—No se preocupe por mí. No me voy a morir de hambre.

Maigret está seguro de ello. Se la imagina, cuando él se haya ido, sentada a la mesa de la cocina, comiendo lentamente cualquier cosa mientras lee una de esas novelitas que compra en la tienda de la señora Chochoi.

Maigret está rabioso. Se han reído de él delante de todo el mundo, y, lo que es peor, quien se ha reído de él es esa insoportable de Félicie.

Es jueves. Ha llegado la familia de Lapie: su hermano, el carpintero de Fécamp, un hombre rudo con el cabello cortado a cepillo y el rostro marcado por la viruela; su mujer, enorme y bigotuda, y dos niños que esta lleva por delante como se empuja a las ocas en el campo. Y también un sobrino, Jacques Pétillon, un joven de diecinueve años, febril y de aspecto enfermizo, que ha venido de París y a quien el grupo de los Lapie mira con desconfianza.

Todavía no hay cementerio en Jeanneville. El cortejo se encamina a Orgeval, de donde depende la nueva urbanización. La gran sensación es el velo de crepé de Félicie. ¿De dónde lo habrá sacado? Más tarde Maigret sabrá que se lo ha pedido prestado a Mélanie Chochoi.

Félicie no espera a que le indiquen dónde ponerse: se coloca directamente en primera fila y camina a la cabeza de la familia, muy erguida, como una auténtica personificación del dolor, secándose los ojos con un pañuelo bordado de negro que sin duda proviene también de Mélanie y que ella ha rociado con agua de colonia en oferta.

El cabo Lucas, que ha pasado la noche en Jeanneville, va con Maigret. Los dos siguen el cortejo a lo largo de un camino polvoriento mientras en el claro cielo cantan las alondras.

—La chica sabe algo, es evidente. Se cree muy lista, pero terminará contradiciéndose.

Lucas está de acuerdo. Las puertas de la pequeña iglesia permanecen abiertas durante el responso, y dentro huele más a primavera que a incienso. No hay que andar muy lejos para llegar al borde de la fosa.

Después de la ceremonia, la familia debe ir a la ciudad para el asunto del testamento.

—¿Por qué habrá redactado mi hermano un testamento? —dice con asombro Ernest Lapie—. En la familia no es costumbre…

—Félicie dice que…

—¡Félicie! ¡Félicie! Siempre la Félicie esa…

Para fastidio de Ernest, su mujer se encoge de hombros.

¿No se ha colocado Félicie entre los concurrentes y ha logrado echar la primera paletada de tierra sobre el ataúd? Tras lo cual, toda llorosa, se aleja a un paso tan apresurado que parece que va a caerse.

—Que no se te escape, Lucas.

Ella camina, camina, dobla con rapidez las esquinas de las calles y callejuelas de Orgeval y, en cierto momento, Lucas, que no está a más de cincuenta metros de ella, sale demasiado tarde a una calle casi desierta y ve que, al final de esta, desaparece una camioneta.

Empuja la puerta de una hostería.

—Perdone, ¿la camioneta que acaba de salir…?

—Sí. Es de Louvet, el mecánico. Estaba aquí hace un momento tomándose unos vinos…

—¿No se ha ido nadie con él?

—No lo sé… No lo creo… No he salido.

—¿Sabe adónde se ha marchado?

—A París, como todos los jueves.

Lucas va corriendo a la oficina de Correos, que, por suerte, está casi enfrente.

—¿Oiga, policía judicial? Sí. Soy Lucas. Deprisa. Una camioneta bastante vieja… Espera… —Le pregunta a la empleada de Correos—: ¿Sabe usted la matrícula de la camioneta del señor Louvet, el mecánico?

—No, pero me acuerdo de que termina en ocho…

—¿Hola? La matrícula termina en ocho… Una chica de luto… ¿Hola? No me cuelgues. No creo que haga falta detenerla. Que se limiten a seguirla, ¿de acuerdo? Ya llamará el comisario.

Se reúne con Maigret, que va andando solo detrás de la familia por el camino de Orgeval a Jeanneville.

—Se ha escapado.

—¿Cómo dices?

—Debió de meterse en la camioneta justo cuando arrancaba. Lo que tardé en doblar la esquina y… He telefoneado al Quai des Orfèvres. Están alertando a las brigadas y van a vigilar las entradas a París.

Así que Félicie ha desaparecido… Así de fácil, en pleno día. En las narices de Maigret y de su mejor cabo. A pesar del enorme velo de luto, que bastaría para reconocerla a un kilómetro…

La familia, que de cuando en cuando se vuelve hacia los dos policías, se extraña de no ver ya a Félicie. Es ella quien se ha llevado la llave de la casa. Se ven obligados a entrar por el jardín. Maigret abre las persianas del comedor, donde la sábana y la ramita de boj están aún sobre la mesa y donde todavía flota olor a velas.

—A pesar de todo, me bebería algo… —dice Ernest Lapie con un suspiro—. ¡Étienne! ¡Julie! No corráis por los arriates. En alguna parte tiene que haber vino…

—En la bodega —le informa Maigret.

La mujer de Lapie va a la tienda de Mélanie a comprar pasteles para los niños y, ya que está, compra para todo el mundo.

—No hay ninguna razón para que mi hermano hiciera testamento, señor comisario. Ya sé que era un hombre raro… Vivía como un oso, y no teníamos mucha relación con él… Pero de ahí a…

Maigret está registrando los cajones de un escritorio que hay en una esquina. Saca paquetes de facturas cuidadosamente clasificadas y descubre una vieja carpeta gris que no contiene más que un sobre amarillo.

PARA ABRIR DESPUÉS DE MI MUERTE

—Bien, señores, creo que esto es lo que buscábamos.

El abajo firmante, en perfecto estado físico y mental, en presencia de Ernest Forrentin y de François Lepape, ambos vecinos de Jeanneville, municipio de Orgeval…

Maigret lee con voz cada vez más grave.

—Félicie tenía razón… —termina diciendo—. Es ella la que hereda la casa y todo lo que hay en ella.

La familia está atónita. El testamento contiene una frasecita que no olvidarán fácilmente:

Dada la actitud que mi hermano y su mujer han creído oportuno adoptar después de mi accidente…

—¡Yo solo le dije que era ridículo remover cielo y tierra para que…! —explica Ernest Lapie.

Dada la conducta de mi sobrino Jacques Pétillon…

El joven llegado de París tiene el aspecto de un mal alumno el día en que se anuncian las notas.

Poco importa. Es Félicie quien hereda. Y Félicie, Dios sabe por qué, ha desaparecido.

2

El metro de las seis

·Con las manos en los bolsillos del pantalón, Maigret se detiene ante el perchero de bambú del vestíbulo, que tiene un espejo en el centro. Se mira en él y ve un semblante que debería hacerle reír, porque se parece al de un niño que tiene ganas de hacer alguna cosa pero le da vergüenza. Sin embargo, Maigret no se ríe y, finalmente, estira el brazo para coger un sombrero ancho de paja, que está colgado en una de las perchas, y se lo pone.

Vaya… El viejo Pata de Palo tenía la cabeza aún más grande que el comisario, a pesar de que este por lo general recorre varias sombrererías antes de encontrar uno de su talla. Esto le da que pensar. Con el sombrero de paja en la cabeza, entra de nuevo en el comedor y mira una vez más la fotografía de Jules Lapie que ha encontrado en un cajón.

Un día que un criminalista extranjero le preguntó al director de la policía judicial por los métodos de Maigret, recibió esta respuesta, acompañada de una enigmática sonrisa:

—¿Maigret? Qué quiere que le diga… Se mete en una investigación como quien se pone unas pantuflas.

Hoy poco falta para que el comisario se ponga no las pantuflas de la víctima, sino sus zuecos. Porque están ahí, a la derecha de la entrada, en un lugar que se nota que era el suyo. Todo está en su sitio. Si no faltase Félicie, Maigret podría creer que la vida continúa en la casa como antes y que él mismo es Lapie, que se dirige a paso lento al bancal inacabado para terminar de trasplantar la fila de tomates.

El sol se pone suntuosamente tras los chalets de color claro que se ven desde el jardín. Ernest Lapie, el hermano del muerto, ha anunciado que pasará la noche en Poissy y ha despachado a su familia a Fécamp. Los demás, los campesinos y los pocos vecinos de Orgeval que han asistido al entierro, han debido de regresar a sus casas o se han ido a beber algo a la hostería del Anneau d'Or.

El cabo Lucas también está allí, pues Maigret le ha encargado que lleve su maleta y que permanezca en contacto telefónico con París.

Pata de Palo tenía la cabeza grande, el rostro cuadrado, espesas cejas grises y pelo gris por toda la cara que solo se afeitaba una vez a la semana. Era avaro. Basta echar una mirada a sus cuentas. Se ve bien que para él un céntimo era un céntimo. ¿Qué es lo que ha dicho su hermano…? «Está claro que era un tacaño…».

Y cuando un normando dice de otro normando que era «tacaño»…

Hace buen tiempo. El cielo vira perceptiblemente a tonos violetas. Del campo llegan ráfagas frescas, y Maigret, con la pipa en los labios, se sorprende al notar que va un poco encorvado, como Lapie. Incluso arrastra la pierna izquierda al dirigirse a la bodega. Abre el grifo del tonel de vino rosado, enjuaga el vaso, se sirve. A esa hora Félicie debería estar en la cocina y, sin duda, el aroma de los guisos llegaría hasta el jardín… ¿No es momento de regar? Se ve a personas regando en los jardines de alrededor. La penumbra invade el Cabo de Hornos, en el cual, en vida del viejo, no debían de encenderse las lámparas hasta el último minuto.

¿Por qué lo han matado? Maigret no puede evitar pensar que también él estará un día jubilado y tendrá una casita en el campo, un jardín, un enorme sombrero de paja…

No han debido de matar a Pata de Palo para robarle, pues, según su hermano, no poseía casi nada aparte de la famosa renta. Se ha encontrado una libreta de la caja de ahorros, dos mil francos en billetes en un sobre y algunos bonos del ayuntamiento de París. También se ha encontrado su reloj de oro.

En marcha. Hay que buscar en otra parte. Hay que meterse más aún en la piel de ese tipo. Es gruñón, huraño, taciturno, meticuloso. Es un solitario. El menor trastorno en sus costumbres debe de ponerlo furioso. Nunca pensó en casarse, en tener hijos, y no se le conoce la menor aventura.

¿Qué quiso insinuar Félicie? Pero no. Félicie miente. Miente más que habla. O, mejor dicho, se crea verdades cuando le conviene. Sería demasiado sencillo, demasiado banal ser la criada de un viejo. Ella prefiere dar a entender que, si él la llamó fue porque…

Maigret se vuelve hacia la ventana de la cocina. ¿Cuáles serían las relaciones entre esos dos seres vivos en ese aislamiento? Tiene la impresión, o más bien está seguro, de que debían de llevarse como el perro y el gato.

De pronto Maigret se sobresalta. Acaba de salir de la bodega, donde se ha bebido un segundo vaso de vino. Está allí, de pie, con el sombrero de paja en la cabeza, y por un momento se pregunta si está soñando: una bombilla se ha encendido tras los visillos de la cocina, se ven cacerolas que relucen sobre el fondo blanco de la pared, se oye el ruido característico del hornillo de butano. El reloj del comisario marca las ocho menos diez.

Entonces empuja la puerta y ve a Félicie, que ya ha colgado su sombrero y su velo en el perchero y está poniendo agua a hervir.

—Pero bueno…, ¿ha vuelto?

Félicie no se altera; lo mira de pies a cabeza y sus ojos se quedan fijos en el sombrero de paja, del que Maigret ya se había olvidado.

El comisario se sienta. Ese debe de ser el sitio del viejo, cerca de la ventana, y, mientras estira las piernas, Félicie va y viene como si él no estuviera allí. Pone la mesa para la cena y saca de la alacena mantequilla, pan y salchichón.

—Dígame una cosa, hija…

—Yo no soy su hija…

—Dígame, Félicie…

—Me puede llamar «señorita».

Dios, qué desagradable es esta joven… A Maigret lo invade ese nerviosismo que se siente al intentar coger un pequeño animal que se desliza sin cesar entre los dedos, como una lagartija o una culebra. Se avergüenza de tomarla en serio, pero no puede hacer otra cosa, pues le parece que a través de ella, y solo a través de ella, sabrá la verdad.

—Le dije que no se alejara…

Félicie esboza una media sonrisa de satisfacción, como si dijera: «Aun así, me he marchado. Ya lo ve».

—¿Me puede decir a qué ha ido a París?

—A dar un paseo.

—¿Ah, sí? Tenga en cuenta que en un rato sabré con pelos y señales lo que ha hecho…

—Ya lo sé. El imbécil me ha seguido.

—¿Qué imbécil?

—Un pelirrojo alto que ha cambiado de metro seis veces para no perderme.

El inspector Janvier, sin duda, que ha debido de seguirla desde la llegada de la camioneta del mecánico a la Porte Maillot.

—¿A quién ha ido a ver?

—A nadie.

Félicie se instala para cenar. Más aún: se coloca delante una de sus novelitas, en la que tiene marcada una página con un cuchillo, y se pone a leer tranquilamente.

—Dígame, Félicie…

Tiene frente de cabra, eso es lo que le chocó al comisario desde la primera vez que la vio. Ahora se da cuenta. La frente alta y testaruda de una cabra que embiste obstinadamente contra cualquier cosa que parezca un obstáculo.

—¿Piensa pasar la noche sola en la casa?

—¿Y usted? ¿Tiene intención de quedarse?

Félicie come y lee. Maigret disimula su mal humor con un aire irónico que quiere ser paternal.

—Esta mañana dijo que estaba segura de heredar…

—¿Y qué?

—¿Cómo lo sabía?

—Lo sabía.

Félicie se ha preparado café y bebe una taza. Se nota que le gusta el café, y lo saborea sin ofrecerle a su interlocutor. Maigret se levanta con un suspiro.

—Vendré a verla mañana.

—Como quiera.

—Espero que habrá reflexionado para entonces.

Félicie lo mira con sus ojos claros en los que no se lee nada y, encogiéndose de hombros, dice:

—¿Sobre qué?

Maigret se encuentra en la puerta del Cabo de Hornos con el inspector Janvier, que ha seguido a la joven hasta Jeanneville y cuyo cigarrillo brilla en la noche. Todo está en calma. Estrellas. Cantos de ranas.

—Enseguida la reconocí por la descripción que hizo Lucas al teléfono, jefe. Cuando la camioneta llegó al fielato, la señorita estaba sentada al lado del mecánico y los dos parecían llevarse bien. Bajó del vehículo y subió a pie la avenida de la Grande-Armée mirando los escaparates. En la esquina de la calle Villaret-de-Joyeuse entró en una pastelería y se comió media docena de pasteles de crema con un vaso de oporto.

—¿Te vio?

—No lo creo.

—Sí te vio, que lo sé yo.

Janvier se siente avergonzado.

—La joven se dirigió al metro, compró un billete de segunda e hicimos un primer trasbordo en la place de la Concorde, después otro en Saint-Lazare… Los vagones iban casi vacíos. Ella se sentaba y leía una novelita popular que sacaba del bolso. Hicimos cinco trasbordos.

—¿No la viste hablar con nadie?

—Con nadie. Poco a poco iban subiendo más viajeros. A las seis, cuando cerraron las tiendas y las oficinas, fue una avalancha. Ya sabe usted lo que es eso…

—Sigue.

—En la estación de Ternes nos quedamos atrapados entre la multitud a menos de un metro uno de otro. Confieso que en ese momento supe que ella sabía que la estaba siguiendo. Me miró… Me dio la impresión, jefe… ¿Cómo decirlo…? Por unos instantes su cara no fue la misma… Se habría dicho que tenía miedo. Estoy seguro de que en ese momento tuvo miedo de mí o de alguna cosa… Solo duró unos instantes, y de repente se puso a dar codazos para abrirse paso hasta el andén.

—¿Estás seguro de que no habló con nadie?

—Completamente. En el andén esperó a que se fuera el tren mientras miraba el vagón repleto.

—¿Tenía aspecto de estar interesada en alguna persona en particular?

—No sabría decirle… Pero sí es verdad que, cuando el tren desapareció en la oscuridad del túnel, su rostro se relajó y no pudo evitar lanzarme una mirada triunfal. Después salió rápidamente a la superficie. No debía de saber dónde estaba. Se tomó un aperitivo en un bar que está en la esquina de la avenida des Ternes, después consultó la guía de ferrocarriles y cogió un taxi hasta la estación de Saint-Lazare. Eso es todo. Yo tomé el mismo tren que ella hasta Poissy, y después subimos la cuesta uno detrás del otro.

—¿Has comido?

—Un sándwich a toda prisa en la estación.

—Espera aquí a Lucas.

Maigret se aleja, deja la apacible urbanización de Jeanneville, donde solo se ven algunas luces rosadas en las ventanas, llega enseguida a Orgeval y va a buscar a Lucas al Anneau d'Or. Lucas no está solo. Su acompañante, vestido con un mono azul, no puede ser otro que Louvet, el mecánico, que está muy animado porque tiene ya cuatro o cinco copas vacías delante.

—Mi jefe, el comisario Maigret —dice Lucas, que también huele a alcohol.

—Como le decía al cabo, señor comisario, cuando me subí a la camioneta no sospechaba nada. Voy a París todos los jueves por la tarde a buscar lo que me hace falta.

—¿A la misma hora?

—Más o menos.

—¿Lo sabía Félicie?

—A decir verdad, apenas la conozco de vista, y nunca había hablado con ella. Pero sí conocía a Pata de Palo, que venía todas las tardes a jugar una partida con Forrentin y Lepape. Unas veces completaba el cuarteto el dueño del bar y otras yo. Mire, Forrentin y Lepape están ahí, en el rincón de la izquierda, con el alcalde y el albañil.

—¿Cuándo se dio cuenta de que había alguien en la furgoneta?

—Un poco antes de llegar a Saint-Germain. Oí un suspiro justo detrás de mí. Creí que era el viento, porque soplaba un poco y levantaba la lona. De repente oí una voz que decía: «¿No tendrás fuego?». Me di la vuelta y la vi, con el velo levantado y un cigarrillo en la boca. No tenía cara de estar de broma, se lo aseguro. Estaba pálida y el cigarrillo le temblaba en los labios. «¿Qué haces tú ahí?», le dije. Y ella venga a hablar y a hablar. Me dice que necesita llegar a París sin perder un minuto, que es una cuestión de vida o muerte, que los que han matado a Pata de Palo quieren quitarla de en medio, que la policía no entiende nada… Paré un momento para que se sentara a mi lado en el asiento, porque estaba instalada encima de una caja vieja no muy limpia en la parte trasera. «Después. Después», me decía. «Cuando haya hecho lo que tengo que hacer, a lo mejor te lo cuento todo. De todas formas, te estaré eternamente agradecida por haberme salvado». Luego, cuando llegamos al fielato, me dio las gracias y bajó de la furgoneta, tan digna como una princesa.

Lucas y Maigret intercambian una mirada.

—Ahora, si no les importa, nos vamos a tomar la última…, sí, sí, me toca a mí…, y luego me voy a comer algo. Supongo que no me voy a meter en ningún problema por esto, ¿verdad? A su salud.

Las diez de la noche. Lucas ha ido a montar guardia frente al Cabo de Hornos, en el puesto de Janvier, que ha regresado a París. La sala del Anneau d'Or está azul por el humo. Maigret ha comido demasiado y va por la tercera o cuarta copa de un aguardiente que dicen que es de la región.

Sentado a horcajadas sobre una silla de asiento de mimbre, con los codos apoyados en el respaldo, hay momentos en que podría creerse que dormita, con los ojos medio cerrados y un hilillo de humo que sube recto de la cazoleta de su pipa mientras cuatro hombres juegan a las cartas ante él.

Al tiempo que manipulan los grasientos naipes sobre un tapete granate, hablan, responden a preguntas, cuentan alguna que otra anécdota. El dueño del café, el señor Joseph, juega la partida en lugar del viejo Lapie, y el mecánico ha vuelto después de cenar algo.

—En resumen —dice Maigret con un suspiro—, vivía a cuerpo de rey. Algo así como un cura de pueblo decente y su criada. Debía de dejarse mimar y…

Lepape, que es teniente de alcalde de Orgeval, les hace un guiño a los otros. Su compañero Forrentin es el administrador de la urbanización y vive en la casa más bonita, al borde de la carretera, cerca del cartel que anuncia a los que pasan que quedan terrenos por vender en Jeanneville.

—Como un cura y su sirvienta, je, je… —se ríe el teniente de alcalde.

Forrentin se contenta con una sonrisa sarcástica.

—Vamos, vamos, se ve claramente que no lo conocían —dice el dueño del café—. Aunque esté muerto, se puede decir que era el tipo más burro que se haya visto.

—¿Qué entiende usted por burro?

—Que se pasaba refunfuñando de la mañana a la noche a propósito de todo y de nada. No estaba nunca contento. Por ejemplo aquella historia de los vasos… —Tomó a los otros por testigos—. Primero, le pareció que mis vasos de licor tenían el fondo demasiado grueso, así que sacó de lo alto de la estantería un vaso descabalado que le gustaba más. Después, un día, al cambiar el contenido del vaso a otro, se dio cuenta de que la medida era exactamente la misma, y se puso furioso. Yo le dije: «Pero ¡si ese vaso lo escogiste tú!». Pues bien, se fue a comprar un vaso al pueblo y me lo trajo. En ese cabía un tercio más que en los míos. «A mí me da igual», le dije, «pero me vas a pagar veinticinco céntimos más». Entonces se pasó una semana sin venir. Una tarde lo vi de pie en la puerta. «¿Y mi vaso?». «¡Veinticinco céntimos más!», le espeté. Y se marchó. Eso duró un mes, y al final cedí yo, porque necesitábamos una cuarta persona para la partida. ¿Acaso no era un burro, sí o no? Con su criada se comportaba exactamente igual. Se peleaban de la mañana a la noche. Se los oía discutir de lejos. Se pasaban enfadados semanas enteras… Yo creo que al final era Félicie quien decía la última palabra, porque, con todo mi respeto, ella es aún más testaruda que él. En fin… Me gustaría saber quién ha matado a ese pobre hombre… En el fondo no tenía maldad. Era su carácter. Nunca hubo una partida en la que, en algún momento, no dijera que lo estábamos engañando.

—¿Iba mucho a París? —pregunta Maigret un poco más tarde.

—Casi nunca. Una vez al trimestre, para cobrar la pensión. Se iba por la mañana y regresaba por la tarde.

—¿Y Félicie?

—Que lo digan estos. ¿Iba Félicie a París?

Estos señores no saben nada de eso, pero los domingos solían verla bailando en un merendero a la orilla del río, en Poissy.

—¿Sabe cómo la llamaba el viejo? Cuando hablaba de ella, decía «mi Cacatúa», porque en lo que respecta a vestirse de manera original… Mire, señor comisario, nuestro amigo

Forrentin se va a enfadar, pero yo digo lo que pienso: todos los que viven en Jeanneville están un poco chiflados. No es un país de cristianos. Pobres tipos que han trabajado toda la vida soñando con jubilarse un día y largarse al campo... Pues bien, ese día les llega, se dejan seducir por los bonitos folletos de Forrentin... No protestes, Forrentin, ya se sabe que eres un as para dorar la píldora. Y cuando por fin se encuentran en su paraíso terrestre, se dan cuenta de que se mueren del asco a cien francos la hora... Pero ya es demasiado tarde. Han invertido sus cuatro cuartos y ahora tienen que divertirse como puedan o, al menos, intentar creer que se divierten... Hay quienes se meten en denuncias por una rama de árbol que invade su jardín, o por un perro que les ha pisado las begonias, y otros...

Maigret no está dormido, y la prueba es que extiende el brazo para llevarse el vaso a los labios. Pero el calor lo aletarga, y se hunde suavemente en ese mundo que va recreando poco a poco: ve las avenidas inacabadas de Jeanneville, los árboles infantiles, las casas que parecen juegos de bloques, los jardincillos demasiado bien cuidados, los animales de loza y los cuencos de vidrio...

—¿No venía nadie a verlo?

No es posible... Todo esto resulta demasiado tranquilo, demasiado uniforme. Es imposible, si la vida es tal como la describen, que una buena mañana, el lunes sin ir más lejos, mientras Félicie hacía la compra en la tienda de Mélanie Chochoi, Pata de Palo abandonara de pronto sus tomateras para coger la garrafa y el vaso del aparador del comedor, se pusiera a beber solo en el cenador el aguardiente de las grandes ocasiones, y después...

Llevaba puesto su sombrero de paja de jardinero cuando subió a su habitación, que tenía el suelo tan bien encerado… ¿Qué fue a hacer allí?

Nadie oyó la detonación, a pesar de que le dispararon a quemarropa, a menos de dos metros del pecho, según afirman los expertos.

Si se hubiera encontrado el arma se habría podido creer que Pata de Palo, que se había vuelto neurasténico…

El teniente de alcalde, mientras cuenta los puntos de la partida, no se preocupa demasiado y, como si con eso contestara a todas las preguntas posibles, murmura:

—¿Qué quiere que le diga? Era un excéntrico.

De acuerdo, pero está muerto. Alguien lo ha matado. Y Félicie, con su aire de mosquita muerta, ha sabido escaparse de las manos de la policía justo después del entierro y se ha ido a París a mirar los escaparates como si no le importara nada, a comer pasteles de crema, a beberse un oporto y finalmente a darse una vuelta en metro.

—Me pregunto quién va a vivir en la casa… —dice alguien.

Los jugadores de cartas hablan de manera caótica, y Maigret, sin escuchar, oye una especie de ronroneo. No contesta que será Félicie quien viva en la casa. Siente como si flotara. En su mente se dibujan y se borran las imágenes. Apenas si tiene noción del tiempo y de dónde está. Félicie debe de estar leyendo en su cama. No tiene miedo de quedarse sola en la casa en la que han matado a su patrón. Ernest Lapie, el hermano, está ofendido por el testamento. No necesita el dinero, pero no le cabe en la cabeza que su hermano…

—La casa mejor construida de toda la urbanización…

¿Quién es el que habla? Forrentin, seguramente.

—Como bonita, es muy bonita. Es justo del tamaño adecuado para tenerlo todo al alcance de la mano y además…

Maigret piensa en la escalera encerada. Se dirá lo que se quiera de Félicie, pero en la casa reina una limpieza ejemplar. Como decía la madre de Maigret, se podría comer en el suelo.

Una puerta a la derecha: la habitación del viejo. Una puerta a la izquierda: la de Félicie. Esta da a otra bastante amplia, en la cual hay muebles amontonados.

Maigret frunce el ceño. No se podría llamar a esto un presentimiento, y menos aún una idea, pero siente vagamente que quizás ahí haya algo que no es normal.

—En los tiempos del joven… —dice Lepape.

—¿Está hablando del sobrino?

—Sí. Vivió en casa de su tío seis meses o más, hace un año más o menos. No estaba muy sano, y parece que le recomendaron el aire del campo, pero él se volvió a encerrar en París.

—¿En qué habitación dormía?

—Pues justo eso es lo curioso…

Lepape guiña un ojo. A Forrentin no se lo ve contento. Se percibe que al administrador no le gusta que se cuenten historias sobre la urbanización, de la que se considera señor todopoderoso.

—Eso no significa nada —protesta.

—En fin, sea como fuere, el viejo y Félicie… Escuche, señor comisario. Usted conoce la casa. A la derecha de la escalera no hay más que una habitación, la de Pata de Palo. Al otro lado hay dos habitaciones, pero hay que atravesar una de ellas para pasar a la segunda. Pues bien, cuando llegó el joven, su tío le cedió su propia habitación y él se instaló al otro lado o, lo que es lo mismo, con Félicie. El viejo ocupaba la primera habitación y la criada la segunda, y esta, naturalmente, tenía que pasar por el cuarto de su patrón para entrar o salir del suyo…

Forrentin objeta:

—¿Es que era mejor poner juntos al joven de dieciocho años con una jovencita?

—Yo no digo eso, yo no digo eso… —repite Lepape con aire ladino—. No insinúo nada. Solo hago constar que el viejo estaba de la parte de Félicie, mientras que el sobrino se quedó aislado al otro lado del rellano. En cuanto a pretender que pasaba alguna cosa…

Maigret, por su parte, no piensa en eso. Tampoco es que se haga ilusiones sobre los hombres de cierta edad, ni siquiera sobre los viejos. Aunque Lapie no tenía más que sesenta años, y aún le quedaba vida.

Pero eso no se corresponde con la idea que se ha formado de él. Eso es todo. Le da la impresión de que empieza a comprender al solitario cascarrabias cuyo sombrero de paja se ha probado hace un rato.

No son sus relaciones con Félicie lo que le preocupa. ¿Qué es lo que le preocupa exactamente? Esa historia de las habitaciones le molesta.

Se repite, como un escolar que quiere aprenderse de memoria la lección: «El sobrino a la izquierda, solo. El tío a la derecha, después Félicie…».

El viejo se instaló, pues, entre los dos. ¿Quiso evitar que los jóvenes se encontraran a sus espaldas? ¿Trataba de impedir que Félicie se fuera a buscar aventuras? No, porque en cuanto se marchó el sobrino la dejó otra vez sola al otro lado de la escalera.

Maigret se levanta. Va a subir a acostarse. Tiene prisa por que llegue el día siguiente, por volver a la villa de juguete y ver esas tres habitaciones. Antes de nada telefoneará a París para decirle a Janvier que se ocupe del joven.

El comisario no está preocupado por él. Nadie lo vio en Jeanneville la mañana del crimen. Es un muchacho alto, delgado y nervioso que tal vez no valga para nada, pero que no parece tener madera de asesino.

Según los informes que ha recibido Maigret, la madre del muchacho, hermana de Lapie, se casó con un violinista que tocaba en cervecerías de barrio y que murió joven. La mujer, para pagarle los estudios a su hijo, entró como cajera en una casa de telas de la calle Sentier, pero murió dos años más tarde.

Pocos meses después de esa muerte, Lapie se trajo a casa al joven. No se entendieron. Lógico. Jacques Pétillon es músico, como su padre, y Pata de Palo no era un hombre dispuesto a oír en su propia casa el rasgueo del violín o el sonido del saxofón.

Ahora, para ganarse la vida, Jacques Pétillon es saxofonista en una sala de fiestas de la calle Pigalle. Ocupa una habitación en el sexto piso de una pensión de mala muerte en la calle Lepic.

Maigret se queda dormido en una cama de colchón de plumas en la que se hunde, y los ratones bailan toda la noche por encima de su cabeza. Allí huele fuerte a campo, a heno y también a moho, y las vacas mugen para despertarle, y cuando el autobús de la mañana se detiene delante del Anneau d'Or, a Maigret le llega el aroma del café con licor.

El asunto de las habitaciones... Lo primero, telefonear a Janvier.

—¿Hola? Calle Lepic. Hotel Beauséjour. Hasta luego, muchacho.

Después el comisario se dirige pesadamente hacia Jeanneville, cuyos tejados parecen emerger de los ondulantes campos de avena. Mientras camina, se produce en él un curioso fenómeno. De pronto aprieta el paso, tiene prisa por ver las ventanas del Cabo de Hornos, y... sí, tiene prisa también por volver a ver a Félicie. La imagina ya en la cocina, con sus rasgos afilados, volviendo hacia él su frente caprina, recibiéndolo de la peor manera posible al tiempo que le dirige la mirada indefinible de sus iris transparentes.

¿Ya la echa de menos?

Maigret comprende, adivina, está seguro de que Pata de Palo tenía tanta necesidad de su enemiga como del vaso de vino rosado, del aire que respiraba, de su partida de naipes de la tarde y de sus disputas con sus compañeros con cualquier pretexto.

Ve a lo lejos, plantado al fondo del camino, a Lucas, que anoche no debió de pasar calor. Después, por la ventana abierta de su habitación, distingue un cabello oscuro recogidos en una especie de turbante, una silueta nerviosa que sacude las sábanas. Le ha visto. Le ha reconocido. Debe de estar pensando ya en la recepción que le va a dispensar.

Maigret sonríe a su pesar. ¡Ahí está Félicie!

3

Las confidencias de la agenda

—¿Hola? ¿Es usted, jefe? Soy Janvier.

Un día desapacible. El rostro de Maigret se cubre a veces de un sudor imperceptible y sus dedos se agitan de impaciencia, y no solo por el tiempo tormentoso. Le recuerda un poco a sus angustias de muchacho, cuando se encontraba en algún lugar donde no debía estar, pues sabía muy bien que su puesto estaba en otra parte.

—¿Dónde estás, muchacho?

—En la calle Blancs-Manteaux. Le llamo desde una pequeña relojería. El chico está ahí enfrente, solo, en un cafetucho de mala nota. Da la impresión de esperar a alguien o algo. Se está bebiendo un licor.

Silencio. Maigret sabe muy bien lo que va a decirle el inspector.

—Me pregunto, jefe, si no sería mejor que viniese usted...

Esto se repite desde la mañana, pero Maigret resiste.

—Sigue así. Si hay alguna novedad me llamas.

Se pregunta si no estará equivocado, si es realmente es así como debe llevar la investigación. Pero no tiene valor para marcharse. Algo lo retiene, aunque le sería difícil decir qué.

Extraña investigación, por cierto… Afortunadamente, la muerte de Pata de Palo no interesa a los periodistas. Al menos veinte veces ha murmurado para sí mismo:

—Pero al viejo lo han matado…

Como si el crimen pasara a segundo plano; como si, a su pesar, se pusiera sin cesar a pensar en otra cosa. Y esa otra cosa es Félicie…

El dueño del Anneau d'Or le ha prestado una bicicleta vieja, y Maigret, cuando se sube a ella, parece un oso amaestrado. La bicicleta le permite ir y venir a su antojo de Orgeval a la urbanización y de la urbanización a Orgeval.

Sigue haciendo el mismo tiempo radiante. Imposible imaginar aquel paisaje de otra manera que bajo un sol de primavera, con flores a lo largo de las cercas y en los arriates, con jubilados que cuidan de sus jardines y vuelven perezosamente la cabeza al paso del comisario o del cabo Lucas, al que Maigret ha ordenado que se quede con él.

También a Lucas, aunque no diga nada, le parece extraña la investigación. Se aburre de montar guardia ante el Cabo de Hornos. ¿Cuál es su misión, al fin y al cabo? ¿Vigilar a Félicie? Todas las ventanas de la casa están abiertas. Se ve a la criada ir y venir. Ha hecho la compra como de costumbre. Sabe que el cabo le sigue los pasos. ¿Tiene miedo él de que desaparezca otra vez?

Lucas se hace esa pregunta, pero no se atreve a mencionarle nada a Maigret. Se aguanta la rabia y fuma pipa tras pipa. A veces, de puro aburrimiento, se pone a dar patadas a una piedra.

Desde esta mañana, sin embargo, el interés de la investigación parece estar en otra parte. Llegó la primera llamada telefónica de la calle Lepic. Maigret la esperaba sentado en la terraza de la hostería, junto a un laurel plantado en un tonel pintado de verde.

Ya ha adquirido sus costumbres. Se crea costumbres allá donde va. Ha acordado con la encargada que lo llame por la ventana cada vez que haya una conferencia para él.

—¿Es usted, jefe? Soy Janvier. Le llamo desde el café que hay en la esquina de la calle Lepic.

Maigret imagina la calle en pendiente, las carretas de los vendedores ambulantes de frutas y verduras, a las amas de casa en pantuflas, el bullicio abigarrado de la plaza Blanche, la entrada, entre dos tiendas, del hotel Beauséjour, al que una vez lo había llevado otra investigación...

—Jacques Pétillon ha vuelto a casa a las seis de la madrugada, agotado. Se ha tirado en la cama completamente vestido. He ido al Pélican, la sala de fiestas donde trabaja. No ha aparecido en toda la noche. ¿Qué hago?

—Espera ahí. Síguele si sale.

¿No será el sobrino menos inocente de lo que aparenta? ¿No haría mejor Maigret dedicándose a él en vez de quedarse pegado a Félicie? Eso es lo que piensa Janvier, se le adivina. Eso es lo que insinuará en su segunda llamada telefónica.

—Hola. Soy Janvier. El chico acaba de entrar en el cafetín de la calle Fontaine. Está blanco como el papel. Parece nervioso, inquieto... Mira alrededor como si temiera que lo siguiesen, pero creo que no se ha fijado en mí.

De modo que Pétillon no ha dormido más que unas horas y ya está de nuevo en marcha... El cafetín de la calle Fontaine lo frecuenta mala gente.

—¿Qué hace?

—No habla con nadie. Vigila la puerta. Parece que esperase a alguien…

—Quédate ahí.

Entretanto, Maigret ha recibido cierta información sobre el sobrino del viejo Lapie. ¿Por qué no logra interesarse por ese muchacho que aspira a convertirse en un gran virtuoso y que se gana la vida tocando el saxofón en una sala de fiestas de Montmartre?

Pétillon ha pasado por momentos difíciles. Alguna vez ha trabajado cargando verdura por la noche en Les Halles. No siempre comía hasta saciarse. Se ha visto obligado varias veces a empeñar su violín en el Monte de Piedad.

—Jefe, ¿a usted no le parece curioso que se pase toda la noche fuera, sin poner los pies en el Pélican, y que ahora…? Tendría que verlo. Me gustaría que pudiera verlo. Se nota que está atormentado, que tiene miedo… Quizá si estuviese usted aquí…

Pero siempre obtiene la misma respuesta:

—Quédate ahí.

Mientras espera, Maigret hace el recorrido en bicicleta de la terraza del Anneau d'Or a la casa rosada donde está Félicie.

Entra en la casa y va y viene como si fuera suya. Félicie finge no reparar en él. Arregla la casa, prepara la comida, ha ido por la mañana a la tienda de Mélanie Chochoi a comprar vituallas, y a veces mira al comisario a los ojos, pero es imposible leer ningún sentimiento en sus pupilas.

Maigret querría asustarla. Desde el primer momento, está demasiado segura de sí misma. Es imposible que esa actitud no esconda algo, y Maigret espera el momento en que ella pierda su aplomo a su vez.

—Pero al viejo lo han matado…

Siempre es en ella en quien piensa, es a ella a quien quiere arrancar su secreto… Maigret ha estado merodeando por el jardín. Cinco o seis veces ha entrado en la bodega y se ha servido un vaso de vino rosado, cosa que también ha convertido en costumbre. Ha hecho un descubrimiento. Al remover con una horca un montón de tierra que hay al lado de la cerca, ha sacado un vaso de licor idéntico al que encontró el primer día sobre la mesa del cenador. Se lo ha enseñado a Félicie.

—No tiene más que buscar las huellas dactilares —le ha dicho ella con desdén, sin turbarse.

Cuando Maigret ha subido a las habitaciones, ella no le ha seguido. Ha registrado la de Lapie por todos los rincones. Ha cruzado al otro lado del rellano y, en la de Félicie, se ha puesto a abrir los cajones. Ella debía de estar oyéndole ir y venir por encima de su cabeza. ¿Tenía miedo?

Y siempre ese tiempo ideal, la dulzura del aire, las ráfagas perfumadas y los cantos de pájaros entrando por las ventanas.

Entonces ha puesto la mano sobre la agenda al fondo del armario de Félicie, entre las medias y la ropa interior en desorden. No le faltaba razón a Pata de Palo al llamar Cacatúa a su criada. Incluso para la ropa interior le gustan los colores vivos: los rosas agresivos, los verdes ácidos, los encajes de un palmo de largo, aunque no sean buenos, los entredós…

Para hacerla rabiar, Maigret baja a la cocina y le lee páginas de la agenda, que data del año anterior. Félicie está ocupada pelando patatas, que deja caer en un cubo de esmalte azul.

13 de enero.— ¿Por qué no ha venido?

15 de enero.— Suplicarle.

19 de enero.— Suplicio de la incertidumbre. ¿Es su mujer?

20 de enero.— Deprimida.

23 de enero.— ¡Por fin!

24 de enero.— El éxtasis vuelve a empezar.

25 de enero.— Éxtasis.

26 de enero.— Siempre él. Sus labios. Felicidad.

27 de enero.— El mundo está mal hecho.

29 de enero.— ¡Ah! Marcharse… Marcharse…

De cuando en cuando Maigret levanta la vista, y Félicie finge ignorarlo.

El inspector se esfuerza por reír, y su risa suena falsa, como la del viajante que ha intentado acariciar a la criada de la fonda y se excusa con bromas picantes.

—¿Cómo se llama él?

—No le interesa.

—¿Está casado?

Mirada airada de gata que defiende a sus pequeñuelos.

—¿Está muy enamorada?

Félicie no contesta y Maigret se obstina, se reprocha su propia obstinación, se repite que está equivocado, piensa en la calle Lepic, en la calle Fontaine, en el joven aterrorizado que va y viene desde el día anterior chocándose con las paredes como un abejorro asustado.

—Dime, hija, ¿era aquí donde se encontraba con ese hombre?

—¿Por qué no?

—¿Lo sabía su patrón?

No. No puede seguir interrogando así a esta chica que se burla de él. Cierto que no es mucho más hábil ir a ver a Mélanie Chochoi, que es lo que hace el comisario. Apoya la bicicleta contra el escaparate y espera a que salga una cliente que ha comprado guisantes en conserva.

—Dígame, señora Chochoi, ¿tenía muchos enamorados la criada del señor Lapie?

—Seguro que los tenía.

—¿Qué quiere decir?

—Pues que hablaba de ellos… Siempre lo mismo. Pero eso es asunto suyo. Estaba a menudo muy triste, la pobre…

—¿Un hombre casado?

—Pudiera ser… Seguro que por eso habla siempre de obstáculos… A mí no me contaba mucho. Si le ha contado algo más a alguien, esa persona es Léontine, la criada del señor Forrentin.

Han matado a un hombre, pero Maigret, hombre formal y ya entrado en años, se ocupa de los amores de una chiquilla novelera… Novelera hasta el punto de que en las páginas de su agenda se puede leer:

17 de junio.— Melancolía.

18 de junio.— Tristeza.

21 de junio.— El mundo es un falso paraíso en el que no hay bastante felicidad para todos.

22 de junio.— Le amo.

23 de junio.— Le amo.

Maigret ha ido a llamar a casa de Forrentin. Léontine, la criada del administrador, es una chica de unos veinte años con la cara redonda. Enseguida se asusta. Tiene miedo de causar algún perjuicio a su amiga.

—Claro que Félicie me lo contaba todo… Bueno, todo lo que quería contarme… Venía mucho a verme, aparecía de repente…

El comisario se las imagina perfectamente a las dos. Una de las dos pasmada de admiración. Félicie con su abrigo echado al desgaire sobre los hombros. «¿Estás sola? Si tú supieras, hija…». Félicie habla y habla, como hablan entre sí las muchachas. «Le he visto. Soy feliz».

La pobre Léontine no sabe qué contestar a las preguntas de Maigret.

—No voy a decir nada malo de ella. Félicie ha sufrido tanto…

—¿Por un hombre?

—Ha querido morirse más de una vez…

—¿Él no la quería?

—No lo sé. No me atormente…

—¿Sabe usted su nombre?

—Nunca me lo ha dicho.

—¿Le ha visto usted alguna vez?

—No.

—¿Dónde le veía ella?

—No lo sé.

—¿Era Félicie su amante?

Léontine, sonrojada, balbucea:

—Una vez me confesó que si tenía un hijo…

¿Qué tiene que ver todo eso con el asesinato del viejo? Maigret sigue siempre por esa senda y cada vez lo mortifica más la angustia vaga que presagia un error.

Qué le vamos a hacer… Otra vez está en la terraza del Anneau d'Or. La encargada del teléfono le hace una seña.

—Ya han telefoneado dos veces de París. Van a volver a llamar de un momento a otro.

Será Janvier de nuevo. No, no es su voz, es una voz que no conoce.

—¿Hola? ¿Señor Maigret? —No es nadie del Quai des Orfèvres…—. Soy camarero en el restaurante de la estación de Saint-Lazare. Un señor me ha encargado que le llame para decirle… Espere… Me he olvidado de su nombre… Un nombre de mes… Février…

—Janvier.

—Eso es. Ha tomado el tren para Ruan. No podía esperar. Cree que quizás estará usted en Ruan cuando llegue el tren. Dice que si va en coche…

—¿Nada más?

—No, señor. Ya le he pasado el recado. Eso es todo.

¿Qué significa esto? Si Janvier ha tomado el tren para Ruan es porque Pétillon ha salido hacia esa ciudad. Un momento de duda. Maigret sale de la cabina, en la que se asfixiaba, y se seca el sudor bajo la curiosa mirada de la encargada. Un automóvil, podría encontrar uno…

—¡A la porra! —refunfuña—. Que se las arregle Janvier.

Su visita a las tres habitaciones no ha proporcionado más que la agenda de Félicie. Lucas sigue aburrido con la vigilancia del Cabo de Hornos, y la gente de las casas vecinas lo mira a veces a través de los visillos.

En lugar de lanzarse tras las huellas del extraño sobrino, Maigret se pone a comer en la terraza de la fonda, saborea su café, lo acompaña con un aguardiente añejo y, suspirando, vuelve a montarse en la bicicleta. Al pasar, entrega a Lucas un paquete de sándwiches y baja por el camino hasta Poissy.

Encuentra enseguida el merendero al que Félicie va todos los domingos. Es una construcción de madera a la orilla del Sena. A esta hora no hay nadie y es el propio dueño, un hombre en camiseta, quien le atiende. Cinco minutos después, sentados ante unos vinitos, los dos hombres se han reconocido. Siempre vuelve uno a encontrarse con conocidos. Este hombre, que los domingos recoge el cambio entre baile y baile, fue una especie de luchador de feria y tuvo algún roce con la policía. Es él quien reconoce antes al comisario.

—¿No habrá venido por mí? Aquí no hay gato encerrado…

—Claro, claro… —dice Maigret sonriendo.

—En cuanto a la clientela… No, señor comisario, no creo que encuentre nada interesante en mi negocio. Recaderas, chachas, jovencitos que…

—¿Conoce a Félicie?

—¿Quién?

—Una joven estrafalaria, delgada como un espárrago, con una nariz puntiaguda, vestida siempre como una bandera o un arcoíris…

—¡La Cotorra!

Vaya… El viejo Lapie llamaba a Félicie «Cacatúa».

—¿Qué ha hecho?

—Nada. Solo me gustaría saber con quién se veía aquí.

—Pues yo diría que con nadie. Mi mujer…, no la conoce usted, es una persona formal…, mi mujer, le decía, la llama la Princesa, por los aires que se da. ¿Quién es exactamente esa chica? Nunca lo he sabido. Llegaba aquí con verdaderos aires de princesa. Bailaba tiesa como una escoba. Cuando se le preguntaba algo, daba a entender que no era lo que parecía y que venía aquí de incógnito. Siempre se sentaba a esa mesa, sola. Daba sorbitos a su vaso y levantaba el meñique. Y no bailaba con cualquiera. El domingo... Ah, lo cual me recuerda...

Maigret se imagina a la muchedumbre sobre las tablas que tiemblan, el estruendo del acordeón, el dueño con los brazos en jarras esperando a pasar entre las parejas para recoger el dinero.

—Estaba bailando con un tipo al que yo ya he visto en algún otro sitio... No consigo recordar dónde... Un individuo bajito y fornido, con la nariz un poco torcida. Da igual. Lo que le puedo decir es que el tipo la apretaba bien contra sí. De pronto, en mitad del baile, ella le dio un tortazo en toda la cara. Creí que iba a haber escándalo... Me acerqué, pero no pasó nada. El tipo se largó sin esperar el cambio, y la Princesa fue dignamente a sentarse y a empolvarse la cara.

Janvier debe de haber llegado a Ruan hace rato. Maigret deja su bicicleta en la terraza del Anneau d'Or y vuelve a ver a la encargada de teléfonos en la fresca penumbra de su oficina.

—¿No hay ninguna llamada para mí?

—Solo un recado. Llamar a la brigada central de Ruan. ¿Llamo?

No es Janvier quien responde, sino un inspector.

—¿Comisario Maigret? Le digo lo que nos han encargado que le transmitamos. El joven ha llegado a Ruan después de haber recorrido una buena docena de bares de Montmartre. Al parecer, no ha hablado con nadie. En cada lugar, daba la impresión de esperar a alguien. En Ruan se ha dirigido inmediatamente hacia el barrio de los cuarteles. Ha entrado en un burdel que sin duda usted conoce, el Tivoli. Ha permanecido en él una media hora, y después ha vagado por las calles y ha ido a parar a la estación. Parece cada vez más cansado, desanimado… Ahora mismo está esperando el tren de París y el inspector Janvier sigue tras él.

Maigret da las órdenes habituales: interrogar a la dueña del bar, saber a qué mujer ha ido a ver Pétillon, qué quería, etcétera. Está todavía en la cabina cuando oye un ruido extraño, como el paso de un autobús, pero cuando sale a la oficina se da cuenta de que es una tormenta que se anuncia en la lejanía.

—¿Espera aún alguna llamada? —pregunta la encargada, que no ha tenido tantas distracciones en toda su vida.

—Es posible. Voy a mandar a un cabo.

—Qué apasionante ser de la policía… Nosotras, que en este pobre rincón, no vemos nunca nada…

Maigret sonríe por inercia en lugar de encogerse de hombros como habría querido, y una vez más recorre el tramo de carretera que lo separa de la urbanización.

—Más le vale a esa ponerse a hablar… —va repitiendo por el camino.

Se va gestando la tormenta. El horizonte se tiñe de un malva amenazador, los rayos oblicuos del sol parecen más agudos, las moscas muerden.

—Lucas, regresa al Anneau d'Or. Contesta al teléfono si hay llamadas.

Cuando empuja la puerta del Cabo de Hornos, tiene el aire decidido de quien ha aguantado que se burlen de él durante demasiado tiempo. Se acabó. Va a colocarse delante de esa Félicie del demonio y la va a sacudir todo lo fuerte que sea necesario hasta que pierda su aplomo. «¡Se acabó, hija! ¡Basta de juegos!».

Está ahí, él lo sabe. Ha visto moverse un visillo de la planta baja en el momento en que enviaba a Lucas a Orgeval. Entra en la casa. Silencio. En la cocina, el café está en el fuego. En el jardín no hay nadie. El comisario frunce el ceño.

—Félicie... —llama a media voz—. Félicie... —Sube de tono y grita, furioso—: ¡Félicie!

Por un instante se pregunta si no se la habrá jugado una vez más y se le habrá escapado de entre los dedos. Pero no, oye un ligero ruido en el primer piso, algo como el sollozo de un niño pequeño, y sube las escaleras de cuatro en cuatro. Se detiene en el umbral de la habitación de Félicie y la ve echada todo lo larga que es sobre el diván.

Está llorando, con el rostro contra la almohada, y, en ese mismo instante, fuera empiezan a caer gruesas gotas y una corriente de aire cierra bruscamente una puerta en algún lugar de la casa.

—¿Qué pasa? —dice Maigret con un gruñido.

Ella no se mueve. Su espalda se estremece por los sollozos. El comisario le toca en el hombro.

—¿Y entonces, pequeña?

—Déjeme... Se lo ruego, déjeme...

Una idea le pasa por la cabeza, pero no quiere detenerse en ella: todo eso no es más que comedia. Félicie ha elegido su momento. Ha elegido incluso la pose, y quién sabe si es casualidad que su vestido quede bastante más arriba de sus bien formadas rodillas…

—Levántese, hija…

Vaya… Félicie obedece. Obedece sin resistencia, lo que, como mínimo, es inesperado. Ahí está ella, sentada en la cama, con los ojos inundados de lágrimas, el maquillaje corrido, mirándole con expresión tan abatida, tan cansada, que el comisario se siente un bruto.

—¿Qué es lo que ocurre? Vamos a ver. Cuénteme.

Félicie niega con la cabeza. No puede hablar. Le da a entender que quisiera decírselo todo pero no puede, y vuelve a taparse la cara con las manos.

En pie en la habitación, el comisario se siente demasiado grande. Acerca una silla, se sienta a horcajadas y duda si cogerle una mano, que Félicie ha retirado de su rostro bañado en lágrimas. Pero el comisario aún no se fía. Si descubriera bajo los dedos crispados una expresión irónica, no se asombraría.

Félicie llora de verdad. Llora como un niño, indiferente a la coquetería. También con voz de niño dice, por fin:

—Es usted malo…

—¿Yo soy malo? No, hija. Cálmese. ¿No comprende que es en interés suyo?

Félicie niega con la cabeza.

—Dese cuenta de que ha habido un crimen, que es usted la única persona que conoce lo bastante esta casa para… Yo no digo que haya matado usted a su patrón.

—No era mi patrón.

—Ya lo sé. Ya me lo ha dicho. Digamos que era su padre… Porque eso es lo que usted quiere insinuar, ¿verdad? Digamos que en otro tiempo el viejo Lapie hizo alguna tontería y que después la llamó a su casa… Es usted quien hereda. Es usted quien se beneficia con su muerte.

Ha ido demasiado deprisa. Félicie se levanta y se queda erguida y tiesa ante él como la personificación de la indignación.

—Vamos, vamos, hija. Siéntese. Por lógica, ya tendría que haberla detenido.

—Estoy preparada.

Qué difícil es, Dios mío… Maigret preferiría tener ante sí al más ladino de los maleantes o al más terrible de los perseguidos por la justicia. Esa imposibilidad de saber cuándo representa una comedia y cuándo es sincera… ¿Ha sido sincera alguna vez? Maigret nota que lo observa, que no deja de observarlo con una lucidez espantosa.

—No se trata de eso. Se trata de ayudarnos. El hombre que ha aprovechado el momento en que estaba usted en la tienda para matar a su patrón…, bueno, para matar a Jules Lapie…, estaba lo bastante al corriente de las costumbres de la casa para…

Félicie se ha sentado con lasitud al borde de la cama y murmura:

—Le escucho…

—Por otra parte, ¿por qué Lapie habría llevado a un desconocido a su habitación? Lo mataron en su habitación. Lapie no tenía ningún motivo para subir a aquella hora. Estaba ocupado en el jardín. Ofreció algo de beber a su visitante, él, que era un tacaño…

Hay momentos en que Maigret casi tiene que gritar para hacerse oír debido a los truenos, y cuando de repente estalla uno más violento, Félicie tiende instintivamente la mano hacia él, y el comisario le coge la muñeca.

—Tengo miedo…

Félicie tiembla. Tiembla de verdad.

—No hay por qué tener miedo. Yo estoy aquí.

Es tonto decir que está allí, y lo sabe muy bien. Félicie se aprovecha enseguida de su turbación para acentuar su actitud angustiada y gemir:

—Me hace usted tanto daño… Y seguramente me va a hacer aún más… Soy muy desgraciada… Dios mío, que desgraciada soy… Y usted… y usted… —Félicie lo mira con ojos suplicantes—. Usted se encarniza conmigo porque soy débil, porque no hay nadie que me defienda… Todo el día y toda la noche ha habido un hombre delante la casa, y mañana por la noche de nuevo estará ahí…

—¿Cómo se llama el individuo al que abofeteó el domingo en el baile?

Por un instante Félicie pierde el control de sí misma. Después contesta:

—¿Lo ve?

—¿Qué es lo que veo?

—Es a mí a quien persigue. Contra mí sola se encarniza como si… como si me detestara. ¿Qué le he hecho yo? Sí, se lo suplico, dígame qué le he hecho.

Este sería el momento de levantarse, de acabar, de hablar en serio. Maigret tiene la intención de hacerlo. Por nada del mundo querría que en este instante alguien pudiera verlo desde el rellano. Demasiado tarde… Ha tardado en tomar posición, y Félicie se hace más vehemente, aprovecha los truenos para acercarse a él, le habla más de cerca. Maigret siente su respiración caliente sobre la mejilla, ve su cara casi contra la suya.

—¿Es porque soy una mujer? ¿Es porque es usted como Forrentin?

—¿Cómo es Forrentin?

—Él me desea… Me persigue… Me ha asegurado que tarde o temprano me poseerá, que terminaré por…

Eso podría ser verdad… Maigret recuerda el rostro del viejo administrador, su sonrisa un poco inquietante, sus gruesas manos sensuales.

—Si es eso lo que usted quiere, dígalo. Prefiero…

—No, hija, no…

Esta vez se levanta y la aparta de sí.

—Vamos abajo, ¿quiere? No tenemos nada que hacer en esta habitación.

—Es usted quien ha venido…

—Esa no es razón para seguir aquí, y sobre todo si se mete semejantes ideas en la cabeza. Bajemos, se lo ruego…

—Deme tiempo para que me arregle…

Se pone polvos de lado ante el espejo. Se sorbe la nariz.

—Ya verá como va a provocar alguna desgracia…

—¿Qué desgracia?

—No lo sé. Pero si se me encuentran muerta…

—Es usted estúpida. Venga.

La hace bajar delante de él. La tormenta ha oscurecido de tal modo el cielo, que se ve obligado a encender la lámpara de la cocina. El café está sobre el hornillo.

—Creo que prefiero irme —dice Félicie, apagando el gas.

—¿A dónde?

—No importa a dónde. No sé nada. Sí, me iré y no me encontrarán nunca. Ha sido un error volver..

—No se va a ir.

—Ya veremos… —masculla Félicie, en voz demasiado baja para que Maigret esté seguro de haber oído bien.

Por si acaso, él dice:

—Si es para reencontrarse con el joven Pétillon, le puedo decir que se encuentra en este momento en un burdel de Ruan.

—Eso no es… —comienza ella, pero se repone—: ¿Y a mí qué me importa?

—¿Es él?

—¿El qué? ¿Qué quiere decir?

—¿Es su amante?

Félicie ríe, despreciativa.

—Un crío que no tiene ni veinte años…

—En todo caso, mi pobre Félicie, si es a él a quien trata de salvar…

—Yo no trato de salvar a nadie. Por otra parte, no voy a contestar más preguntas. No tiene derecho a estar todo el día aquí molestándome. Voy a presentar una queja.

—¡Preséntela!

—Se cree usted muy listo, ¿verdad? ¡Y qué valiente! Se ensaña con una pobre chica porque sabe muy bien que soy incapaz de defenderse.

Maigret se pone el sombrero y, a pesar de la lluvia, va hasta el umbral, decidido a regresar al Anneau d'Or. Ni siquiera se despide. Está harto. Se ha equivocado. Hay que empezar todo de nuevo, iniciar la investigación por el otro extremo.

Qué importa si se empapa. Da un paso y Félicie se precipita hacia él.

—No se vaya.

—¿Por qué?

—Ya sabe por qué. No se vaya. Tengo miedo de la tormenta.

Y es verdad. Esta vez no miente. Está temblando. Le suplica que se quede y se muestra agradecida al ver que entra en la cocina y se sienta, se sienta a pesar de su aire de protesta.

—¿Quiere usted una taza de café? —le ofrece, como para expresarle su agradecimiento—. ¿Quiere que le sirva un vaso de algo? —Félicie se esfuerza por sonreír y le repite, mientras le sirve—: ¿Por qué es usted tan malo conmigo, que no le he hecho nada?

4

La jugada del taxi

Maigret sube por la calle Pigalle sin prisas, con las manos en los bolsillos del abrigo, porque son más de las doce de la noche, la tormenta ha refrescado el ambiente y hay restos de humedad en las aceras. Bajo los carteles luminosos, los porteros de las salas de fiestas lo reconocen enseguida, y los clientes del cafetucho de la esquina de Notre-Dame-de-Lorette, de pie en torno al mostrador en forma de herradura, se lanzan miradas interrogantes. Un lego en la materia no se daría cuenta de nada, pero de un extremo a otro del Montmartre que vive de los noctámbulos se produce un movimiento imperceptible, como el temblor del agua en un estanque antes de la tormenta.

Maigret lo sabe. Está contento. Allí por lo menos no tendrá que vérselas con una señorita que llora y que lo desafía. Reconoce las siluetas al pasar, adivina las consignas que vuelan de boca en boca, e incluso ve cómo las «madame pipí», las encargadas de los lavabos de las salas de baile, esconden deprisa y corriendo bolsitas de coca.

El Pélican está ahí, a la izquierda, con su cartel de neón azul y su portero negro. Alguien surge de la sombra, acompasa su paso con el del comisario y dice:

—Estoy muy contento de que haya venido… —Es Janvier, que, con una indiferencia que algunos tomarían por cinismo pero que no es tan profunda como parece, explica—: Está completamente acabado, patrón. Únicamente me daba miedo una cosa, que se pusiera a confesar él solo. Está hecho polvo.

Los dos hombres se detienen al borde de la acera como si saborearan el fresco que sigue a la lluvia, y Maigret llena una nueva pipa.

—Desde Ruan ya no puede más. Mientras esperábamos el tren en el bar, he creído por lo menos diez veces que iba a venir corriendo y me lo iba a soltar todo. Es un pardillo.

Maigret no se pierde nada de lo que pasa a su alrededor. A causa de su presencia al borde de la acera, ¿cuánta gente que no tiene tranquila la conciencia está a punto de marcharse o de poner a buen recaudo ciertos artículos comprometedores?

—En el tren se derrumbó. En la estación de Saint-Lazare no sabía qué hacer. Además estaba un poco borracho, porque desde ayer ha bebido mucho. Finalmente se fue a su casa, en la calle Lepic. Debió de lavarse, se puso el esmoquin… Ha comido sin apetito en un restaurante de la plaza Blanche y se ha venido a trabajar. ¿Va a ir usted? ¿Quiere que me quede?

—Ve a acostarte, mi buen Janvier.

Por si necesitara a alguien, Maigret ha dejado a dos hombres de guardia en el Quai des Orfèvres.

—Vamos —se dice con un suspiro.

Entra en el Pélican, se encoge de hombros al ver al negro, que se muestra muy atento y piensa que su deber es sonreír de oreja a oreja, y se niega a entregar su abrigo a la señora del guardarropa. La música de jazz le llega a través de las cortinas de terciopelo que tapan la entrada de la sala. Una pequeña barra a la izquierda. Dos mujeres que bostezan, un niño de papá ya borracho, el dueño que acude…

—¡Hola! —masculla el comisario.

El dueño está evidentemente inquieto.

—Dígame… Nada malo, espero…

—No, no.

Maigret lo aparta y va a sentarse en un rincón, no lejos de la tarima de los músicos.

—¿Whisky?

—Una cerveza.

—Usted ya sabe que no tenemos cerveza…

—Pues un coñac con agua con gas.

A su alrededor todo es lamentable. Busca a los clientes con la mirada. ¿Acaso hay un solo cliente de verdad en esta sala estrecha en la que las lámparas veladas dan una luz rojiza que se vuelve violeta cuando la orquesta toca un tango? Las animadoras del club. Ahora que saben quién es el recién llegado, ya no se molestan en bailar unas con otras y una de ellas se pone a hacer ganchillo.

En la tarima, Pétillon, en esmoquin, parece aún más delgado y más joven de lo que realmente es. Tiene la tez blanca como el papel bajo su largo cabello rubio, sus párpados están rojos de fatiga y de inquietud y no puede apartar la mirada del comisario, que espera.

Janvier tiene razón: está totalmente acabado. Ciertos síntomas no engañan y muestran a las claras que un hombre ha

66

llegado a su límite, que la máquina está estropeada, que es presa de una especie de vértigo y que solo tiene una urgencia: acabar, desembarazarse de todo lo que lleva dentro. Hasta tal punto es así que por un instante podría creerse que Jacques Pétillon va a abandonar su saxofón y a correr hacia Maigret.

Un hombre en el paroxismo del miedo no es un espectáculo agradable. Maigret ha visto a otros, y él mismo ha dosificado sabiamente ciertos interrogatorios —que a veces duran veinte horas o más— para llevar a su interlocutor, o más bien a su paciente, a esa derrota física y moral.

Esta vez él no ha hecho nada. No ha creído en la pista de Pétillon. No la ha intuido. No se ha preocupado por ella, hipnotizado por la extraña Félicie, en la cual no deja de pensar.

Maigret bebe. Pétillon debe de estar asombrado al verlo tan indiferente. Le tiemblan las manos, de dedos largos y delgados, y sus compañeros de la orquesta lo observan a hurtadillas.

¿Qué ha buscado con tanta obstinación en el curso de estas últimas cuarenta y ocho horas de locura? ¿A qué esperanza se aferraba? ¿A quién esperaba en esos cafés y bares en los que entraba, en uno tras otro, donde fijaba instintivamente la mirada en la puerta y no recibía más que decepciones, tras lo cual salía otra vez para buscar en otra parte, hasta que finalmente corrió a Ruan, donde terminó en un burdel del barrio de los cuarteles?

El muchacho está agotado. Aunque Maigret no se encontrara allí, él mismo subiría la escalera polvorienta del Quai des Orfèvres y pediría hablar con alguien.

Se acabó. El jazz se toma unos instantes de respiro. El acordeonista se dirige hacia la barra para beber algo. Los otros charlan en voz baja. Pétillon coloca su instrumento en el soporte y baja los dos escalones.

—Tengo que hablar con usted —le dice a Maigret.

Y con una voz extremadamente suave, el comisario le contesta:

—Ya lo sé, hijo.

¿Aquí? Maigret recorre con la vista el lugar, que le disgusta. No vale la pena hacer que el muchacho dé el espectáculo, pues sin duda va a ponerse a llorar.

—¿Tienes sed?

Pétillon niega con la cabeza.

—Entonces vámonos.

Maigret paga su consumición, a pesar de que el dueño se ha empeñado en invitarle.

—Mire…, creo que lo mejor será que deje aquí el saxo. Vamos a dar una vuelta los dos. Coja su abrigo y su sombrero.

—No tengo abrigo.

En cuanto llegan a la acera, después de haber hecho una inspiración profunda, como si fuera a tirarse al agua, comienza:

—Escuche, señor comisario…, es mejor que se lo confiese todo. No puedo más.

Tiembla de pies a cabeza. Debe de ver las luces de la calle bailar a su alrededor. El dueño del Pélican y el portero negro los miran alejarse.

—Hay tiempo de sobra, muchacho.

Va a llevarlo al Quai, es lo más sencillo. Cuántas investigaciones han terminado a esta hora en el despacho de Maigret, cuando las oficinas de la policía judicial están desiertas, con un agente de guardia en el vestíbulo y la lámpara de pantalla verde arrojando una luz extraña sobre el hombre que al fin ha perdido los nervios…

Aunque este no es más que un chiquillo. Maigret está de mal humor. Es evidente que en este asunto no va a enfrentarse más que a adversarios mediocres.

—Pase.

Lo empuja al interior de una cervecería de la plaza Pigalle porque tiene ganas de beberse una cerveza antes de llamar al taxi.

—¿Qué quiere tomar?

—Me da igual. Le juro, señor comisario, que yo no he…

—Sí, sí. Eso ya me lo contará dentro de un rato. Dos cervezas, camarero.

Maigret se encoge de hombros. Dos clientes, al reconocer al comisario, dejan a medias su sopa de cebolla y se marchan. Un tercero ha entrado en la cabina telefónica y a través del vidrio a rombos se ven sus hombros inclinados sobre el aparato.

—¿Es ella tu amante?

—¿Quién?

Vaya, vaya… El muchacho está sinceramente asombrado. Hay tonos de voz que no engañan.

—Félicie.

—¿Félicie mi amante? —repite Pétillon, como alguien a quien esa idea no se le ha ocurrido jamás y que no la puede comprender.

Estaba a punto de empezar una dramática confesión y he ahí que el hombre que tiene su destino en sus manos, ese

Maigret que ha lanzado tras él a sus inspectores, le habla de la criada de su tío…

—Le juro, señor comisario…

—Bueno. Vámonos otra vez.

Los están escuchando. Dos mujeres aguzan el oído simulando arreglarse el pelo. No merece la pena dar el espectáculo.

Otra vez están fuera. A pocos metros de ellos, en la oscuridad de la plaza Pigalle, se ve una fila de taxis. Maigret levanta el brazo. Muy cerca, en la esquina, un agente de uniforme mira vagamente ante sí.

En ese preciso momento suena una detonación. Al comisario le parece que hay un segundo ruido, casi al mismo tiempo que el primero, y un taxi sale derrapando en dirección al bulevar Rochechouart.

Todo ha sido tan rápido que está un segundo sin ver que su acompañante se ha llevado la mano al pecho y permanece en pie, oscilante, buscando con la otra mano algo en lo que sujetarse. Por inercia, el comisario pregunta:

—¿Le ha dado?

El agente de uniforme, por su parte, corre hacia la fila de taxis. Sube a uno de ellos y sale a su vez a toda velocidad.

Pétillon cae con la mano sobre la pechera, tratando de gritar, pero no se oye más que un ruido extraño, ridículamente débil.

Al día siguiente por la mañana, los periódicos se limitan a publicar una nota banal:

Esta noche, en la plaza Pigalle, un músico de jazz llamado Jacques Pétillon ha sido alcanzado en pleno pecho por una bala disparada por un desconocido que ha huido en taxi. Inmediatamente se organizó su persecución, pero ha sido imposible detenerlo.

Se supone que se trata de un arreglo de cuentas o de un asunto pasional.

El herido, cuyo estado es grave, ha sido trasladado a Beaujon. La policía ha abierto una investigación.

Eso no es verdad. La policía no da necesariamente a la prensa comunicados exactos. Es verdad que Jacques Pétillon está en Beaujon. Y también que su estado es grave; tan grave que los médicos no están seguros de poder salvarlo. Tiene el pulmón izquierdo perforado por una bala de gran calibre.

En cuanto a la persecución del hombre, eso ya es otra cosa. Maigret, en el despacho del director, a la hora del informe, le habla con amargura.

—Es culpa mía, jefe. Tenía ganas de beberme una cerveza. También quería que el joven se recuperase un poco antes de venir conmigo aquí. Estaba al límite de sus nervios. Sin duda, me equivoqué. El que aprovechó la ocasión no es nuevo en el oficio, eso está claro. Cuando oí la detonación me ocupé del muchacho. Dejé que fuera tras él el agente de uniforme. ¿Ha leído el informe? El taxi lo llevó a toda velocidad hasta el otro extremo de París, a la plaza d'Italie, donde se detuvo bruscamente…, pero no había ningún pasajero en el interior. Hemos detenido al taxista, a pesar de sus protestas. Me la han jugado a lo grande…

Echa una mirada furiosa a las declaraciones del taxista.

Estaba en el estacionamiento de la plaza Pigalle cuando un desconocido me ofreció doscientos francos por gastarle una broma a un amigo suyo, según dijo. Él iba a hacer estallar un petardo, eso es lo que me dijo textualmente, y al oír la señal yo no tenía más que salir a toda velocidad hacia la plaza d'Italie.

Demasiado inocente para un taxista nocturno… A pesar de lo cual, será difícil probar que ha mentido.

No pude ver bien a mi cliente. Estaba a la sombra, del lado de la acera, y tenía la cabeza gacha. Era un hombre ancho de hombros, vestido de oscuro y con un sombrero de fieltro gris.

Una descripción que podría aplicarse casi a cualquiera…
—Pero de esta jugada me voy a acordar, se lo aseguro —refunfuña Maigret—. A quien se le haya ocurrido esto… Deslizarse entre dos taxis, o en cualquier rincón oscuro… Disparar… En ese momento el coche sale a toda velocidad y, como es lógico, todo el mundo se imagina que el asesino está dentro, así que corre tras él, mientras que nuestro hombre tiene tiempo de marcharse o incluso de mezclarse con la multitud… Hemos preguntado a los otros taxistas que estaban en el estacionamiento. Nadie vio nada. Uno solo, un viejo al que conozco desde hace mucho tiempo, cree haber visto a alguien que le daba vuelta a la fuente de la plaza…

Y pensar que el saxofonista estaba dispuesto a hablar, que quería contarlo todo en el mismo Pélican y que fue Maigret quien le hizo callar… Ahora Dios sabe cuándo se lo podrá interrogar otra vez…, si es que se lo puede interrogár- sele alguna vez.

—¿Qué piensa hacer?

Está el método clásico. El asunto ha tenido lugar en Montmartre, en un perímetro determinado. Interrogar a unos cincuenta tipos, personas a las que la policía conoce y que se encontraban esa noche en ese sector, todos los que se agitaron como un nido de víboras cuando notaron la pre- sencia del comisario Maigret en la calle Pigalle.

Algunos de ellos no son trigo limpio. Presionándolos un poco, amenazándolos con hurgar en sus asuntos, se llega a obtener información.

—Voy a enviar allí a uno o dos hombres, jefe. En cuanto a mí…

Haga lo que haga, se siente impulsado hacia otra parte. Desde el principio. Desde que puso los pies en ese mundo de cartón piedra de Jeanneville.

¿No era como un presentimiento ese afán de no querer alejarse del Cabo de Hornos y de la incomprensible Félicie?

Los acontecimientos ponen de manifiesto su error. Todo hace suponer en ese momento que hay que buscar el secreto de la muerte del viejo Lapie en los alrededores de la plaza Pigalle.

—A pesar de todo, me vuelvo para allá.

Pétillon solo tuvo tiempo de decirle una cosa: Félicie no era su amante. Adoptó un aire aturdido cuando le habló de ella, como si ni siquiera se hubiera imaginado…

Son las ocho y media. Maigret telefonea a su mujer.

—¿Eres tú? No, nada especial. No sé cuándo volveré…

Está acostumbrada. El comisario se mete los informes en los bolsillos. Entre ellos hay uno de Ruan, con el pedigrí de todas las mujeres empleadas en el Tivoli. Pétillon no *subió* con ninguna de ellas. Cuando entró, se sentó en un rincón y dos de las damas se instalaron a ambos lados del joven en el diván de terciopelo color crema. «¿Hay alguna que se llame Adèle?», preguntó el músico. «Llegas tarde, pequeño. Hace mucho que Adèle no está aquí. Te refieres a una morena pequeña y con las tetitas en forma de pera, ¿verdad?». Pero él no sabe nada. Solo que busca a una Adèle que estaba allí un año antes. Hace meses que se ha marchado. No saben dónde está. Si tuviera que buscar a todas las Adèles en todas las *casas* de Francia…

Un inspector va a registrar minuciosamente la habitación del saxofonista en la calle Lepic. Janvier, que no ha gozado de un descanso largo, pasará el día en las cercanías de la plaza Pigalle.

En cuanto a Maigret, sube una vez más al tren en la estación de Saint-Lazare, se baja en Poissy y toma el camino en cuesta que conduce a Jeanneville.

Pareciera que, después de la tormenta del día anterior, los prados están aún más verdes y el cielo de un azul más suave. Pronto distingue las casas rosadas, saluda a la señora Chochoi a través de los cristales y ella lo mira pasar con sus ojos vacíos.

Va a volver a ver a Félicie. ¿Por qué le resulta eso tan agradable? ¿Por qué aprieta involuntariamente el paso? Sonríe pensando en el mal humor de Lucas después de su noche de guardia ante el Cabo de Hornos. Lo ve de lejos sentado al borde del camino con una pipa apagada en la boca. Debe de tener hambre y sueño.

—¿Qué tal, mi pobre Lucas?

—Nada, jefe. Tengo ganas de una taza de café y de una cama. El café primero.

Tiene los ojos hinchados por el sueño, el abrigo arrugado, los zapatos y los bajos del pantalón llenos de barro.

—Vete al Anneau d'Or. Hay novedades.

—¿Qué ha pasado?

—Al músico le han pegado un tiro.

Podría pensarse que al comisario esto le resulta indiferente, pero el cabo Lucas no es tonto y enseguida se aleja negando con la cabeza.

Vamos allá… Maigret mira alrededor con la satisfacción de quien vuelve a ver un ambiente familiar, y avanza hacia la puerta de la villa. Pero mejor no… Prefiere darle la vuelta a la casa y entrar por el jardín. Empuja la puerta. La de la cocina está abierta.

Entonces se queda un momento paralizado por el asombro y piensa que va a echarse a reír. Al sonido de sus pasos, Félicie ha salido al umbral y está rígida, mirándolo con una expresión severa.

Pero ¿qué es lo que le pasa, Dios mío? ¿Qué es lo que le da ese aspecto tan desacostumbrado? Tiene los ojos hinchados y las mejillas enrojecidas…, pero no es por haber llorado.

Cuando el comisario da un paso, ella dice con un tono más acre que nunca:

—Y bien, ¿está contento?

—¿Qué ha pasado? ¿Se ha caído por la escalera?

—¿Para esto pone un policía día y noche ante mi puerta? Supongo que su perro guardián se quedó dormido…

—Vamos, Félicie, hable con más claridad. No querrá hacerme creer que…

—¡Que el asesino ha venido y me ha asaltado, sí! ¿No es eso lo que usted quería?

Maigret tenía intención de hablarle de Pétillon y del drama de la noche anterior, pero antes quiere saber qué ha pasado en el Cabo de Hornos.

—Venga a sentarse aquí, al jardín, sí. No ponga esa cara… Ahora quédese tranquila, no me mire con ojos feroces y dígame con calma qué ha pasado. Ayer por la tarde, cuando me fui, estaba muy nerviosa. ¿Qué hizo usted?

—Nada —suelta Félicie con desprecio.

—Bien, supongo que cenó. Después cerró las puertas y subió a su habitación. ¿No es así? ¿Está segura de que cerró las puertas?

—Siempre cierro las puertas antes de acostarme.

—Entonces estaba acostada… ¿Qué hora era?

—Esperé abajo a que pasara la tormenta.

Es cierto que Maigret tuvo la crueldad de dejarla sola, a pesar de su miedo a los truenos y a los relámpagos.

—¿Bebió algo?

—Café.

—Sin duda para dormirse… ¿Y después?

—Leí.

—¿Mucho tiempo?

—No lo sé. Quizás hasta las doce. Apagué la luz. Estaba segura de que ocurriría alguna desgracia. Ya se lo previne.

—Ahora cuénteme la desgracia.

—Está usted burlándose de mí. Pero no me importa. ¡Se cree tan listo! De pronto oí como si alguien estuviese raspando en la habitación del señor Lapie.

La verdad es que Maigret no se cree ni una palabra de lo que le cuenta Félicie y, mientras la escucha y la observa, se pregunta adónde querrá ir a parar con esa nueva mentira. Porque miente más que habla. El comisario de policía de Fécamp le ha dado por teléfono cierta información que le había pedido.

Maigret sabe ahora que las insinuaciones de Félicie con respecto a su parentesco con Jules Lapie son pura imaginación. Ella tiene un padre y una madre en toda regla. Su madre es lavandera, su padre es un viejo borracho que ronda por los muelles, echando una mano aquí y allí, sobre todo cuando se trata de beberse unas copas. Ha sido inútil interrogar a los vecinos, incluso a los más charlatanes. El viejo Lapie no ha tenido jamás relaciones con la lavandera. Cuando estaba buscando una criada, su hermano, el carpintero, le habló de Félicie, que iba a veces a ayudar a su casa.

—Así que, hija, oyó como si rasparan en la habitación del señor… Naturalmente abrió de inmediato la ventana para alertar al policía que hacía guardia fuera…

Maigret dice esto con ironía, pero ella niega con la cabeza.

—¿Por qué?

—Pues porque…

—Supongo que porque no deseaba que detuvieran al hombre que creía usted que estaba en la habitación de al lado.

—Puede ser…

—Continúe.

—Me levanté sin hacer ruido…

—Y sin encender la luz, sin duda. Porque si la hubiera encendido lo habría visto el cabo Lucas. Las contraventanas no cierran herméticamente… Así que usted se levantó. No tenía miedo, a pesar de que se echa a temblar por una tormenta… ¿Y qué pasó después? ¿Salió de la habitación?

—No enseguida… Pegué la oreja a la puerta y escuché. Había alguien al otro lado del rellano. Oí cómo movía una silla. Después oí un juramento en voz baja… Comprendí que el hombre no encontraba lo que andaba buscando y que se disponía a marcharse.

—¿Estaba cerrada con llave la puerta de su habitación?

—Sí.

—¿Y la abrió usted para ponerse, desarmada, delante del malhechor, que era probablemente el asesino de Jules Lepic?

—Sí.

Félicie lo desafía. Maigret lanza un pequeño silbido de admiración.

—¿Estaba usted muy segura de que no le haría ningún daño? Evidentemente, usted no sospechaba que el joven Pétillon estaba a esa hora muy lejos de aquí, en París…

Félicie no puede evitar exclamar:

—¿Qué sabe usted?

—Veamos… ¿Qué hora era?

—Solo miré la hora *después*… Eran las tres y media de la mañana. ¿Cómo sabe usted que Jacques…?

—Vaya, ¿así que lo llama usted por el nombre de pila?

—¡Déjeme en paz de una vez! ¡Si no me cree, váyase!

—De acuerdo, ya no la interrumpo. Salió de su habitación, con valentía, armada solamente con su coraje y…

—¡Y recibí un puñetazo en plena cara!

—¿Se escapó el hombre?

—Por la puerta del jardín. Y por ahí mismo tuvo que entrar…

Maigret tiene ganas de decirle, a pesar de los cardenales que la marcan: «Pues bien, hija, no me creo ni una palabra».

Si le dijeran que ella misma se había herido, no lo pondría en duda. ¿Por qué?

Sin embargo, en ese instante su mirada se queda fija en la tierra de uno de los arriates, húmeda aún. Félicie mira en la misma dirección, ve las huellas y, esbozando una ligera sonrisa, pregunta:

—¿Son mis pies los que han hecho eso?

Maigret se levanta.

—Venga.

Entra en la casa. Es fácil detectar aún restos de tierra en los escalones encerados. Empuja la puerta de la habitación del viejo.

—¿Ha entrado usted aquí?

—Sí. Pero no he tocado nada.

—¿Esta silla? ¿Está en el mismo sitio que ayer por la tarde?

—No. Estaba al lado de la ventana.

Ahora está delante del armario de nogal, y sobre el mimbre del asiento hay un poco de barro.

De modo que Félicie no ha mentido… Es verdad que anoche entró un hombre en el Cabo de Hornos, y ese hombre no pudo ser Pétillon, quien a esa hora se encontraba, el pobre, sobre la mesa de operaciones del hospital Beaujon.

Por si Maigret necesitara otra prueba, la encuentra al subirse a la silla para mirar encima del armario, donde unos dedos se han paseado sobre la espesa capa de polvo y han levantado una tabla con ayuda de algún utensilio.

Será preciso que vayan los expertos de la policía científica para fotografiar todo aquello y buscar las huellas digitales, si las hay.

Maigret, ahora más serio y pensativo, dice como para sí mismo:

—Y usted no llamó… Sabía que había un inspector bajo la ventana y no dijo nada. Incluso tuvo el cuidado de no encender la luz.

—Encendí la luz en la cocina, donde me lavé la cara con agua fría.

—Porque desde la calle no se ve la luz de la cocina, ¿verdad? Dicho de otra manera: no quería dar la alarma. A pesar del golpe que recibió, quería dejar a su agresor tiempo suficiente para alejarse. Y esta mañana se levantó usted como si nada y tampoco llamó al cabo…

—Ya sabía que vendría usted.

Cosa curiosa —infantil, si se quiere—: Maigret se siente halagado de que ella haya esperado su llegada en lugar de dirigirse a Lucas. Hasta siente una especie de reconocimiento por su «Ya sabía que vendría usted».

Sale de la habitación y cierra la puerta con llave. En todo caso, el extraño ladrón solo buscó encima del armario. No abrió ningún cajón ni hurgó en rincón alguno. Por tanto sabía…

En la cocina, Félicie echa una mirada a su imagen reflejada en un espejo.

—Antes me ha dicho que estuvo anoche con Jacques...

Maigret la mira largo rato. Félicie está turbada, no hay duda. Espera muy angustiada. Y el comisario le dice en tono ligero:

—Ayer me dijo usted que no era su amante, que no era más que un chiquillo. —Félicie no contesta—. Jacques tuvo un accidente. Un desconocido le disparó en plena calle.

—¿Está muerto? —grita ella—. ¡Dígamelo! ¿Ha muerto Jacques?

Maigret siente cierta tentación. ¿Acaso ella se avergüenza por mentir? ¿Acaso la policía no tiene derecho a utilizar todos los medios para descubrir a un culpable? El comisario tiene ganas de decir que sí... ¿Quién sabe cuál sería su reacción? ¿Quién sabe si...?

Pero no tiene valor. La ve demasiado alterada, así que vuelve la cabeza y le dice:

—No, tranquilícese. No está muerto. Solo está herido.

Félicie solloza. Con la frente entre las manos y la mirada perdida, grita desesperadamente:

—¡Jacques! ¡Jacques! ¡Mi Jacques! —De repente, se vuelve llena de furia hacia ese hombre tranquilo que evita mirarla—: Y usted estaba allí, ¿verdad? Y les dejó hacerlo... ¡Le odio! ¿Me entiende? ¡Le odio! Es por su culpa, sí, por su culpa...

Se deja caer en una silla y sigue llorando, con la cabeza sobre la mesa de la cocina, cerca del molinillo del café.

De cuando en cuando se oyen las mismas sílabas:

—¡Jacques! ¡Mi Jacques!

¿Es por tener el corazón endurecido por lo que Maigret se queda sin saber qué actitud tomar, de pie en el umbral, y después se va a dar una vuelta por el jardín, dudando, mirando su sombra en el suelo, y termina por empujar la puerta de la bodega, donde se sirve un vaso de vino?

También había llorado Félicie el día anterior. Pero no eran las mismas lágrimas.

5

El cliente número 13

Aquella mañana, Maigret tenía una gran reserva de paciencia, pero… No pudo impedir que Félicie se pusiera su ropa de luto, con su ridículo sombrero plano y el velo de crepé. ¿Con qué se había untado la cara?, ¿era para disimular los cardenales?, podría preguntársele, hasta tal punto tenía la joven una noción tan particular de la puesta en escena. Lo cierto es que estaba lívida, e iba tan embadurnada de crema y de polvos como un payaso. En el tren que los llevó a París permanecía inmóvil, y se notaba que quería que se pensase al mirarla: «¡Dios mío, cómo sufre! ¡Y qué dominio de sí misma! Es la verdadera personificación del dolor, una verdadera *mater dolorosa*…».

Sin embargo, Maigret no sonrió ni una sola vez. Cuando, en la calle Faubourg Saint-Honoré, Félicie quiso entrar en una frutería, el comisario murmuró suavemente:

—No creo que el muchacho pueda comer nada, hija…

¿Es que el comisario no lo comprendía? Sí, lo comprendía, y la dejó hacer, porque Félicie se obstinó y quiso comprar las uvas de España más hermosas, unas naranjas y una botella de champán. Insistió en cargarse de flores: un enorme ramo de lilas blancas que portó ella misma, sin perder en nada su expresión trágica y lejana.

Maigret, resignado, la seguía como un buen padre indulgente. Sintió alivio al ver que no era la hora de visita en Beaujon, porque Félicie, tal como estaba, habría causado sensación. Obtuvo del médico de guardia permiso para que la muchacha echase un vistazo a la habitación donde estaba aislado Jacques Pétillon, al final de un largo pasillo colmado de olores insípidos, con puertas abiertas tras las cuales se veían camas, rostros melancólicos y color blanco, mucho blanco, que allí se convertía en el color de la enfermedad.

Los hicieron esperar bastante, y Félicie permaneció de pie con sus paquetes. Por fin llegó una enfermera, que tuvo un ligero sobresalto.

—Deme todo eso. Servirá para algún niño. ¡Chis! Sobre todo, no hablen… No hagan ruido…

Entreabrió apenas una puerta y solo permitió que Félicie echara una mirada a la celda sumida en la penumbra, donde Pétillon estaba inmóvil, como un muerto.

Cuando la enfermera cerró de nuevo la puerta, Félicie creyó su deber decir:

—Lo salvarán, ¿verdad? Se lo suplico, hagan todo lo necesario para salvarlo…

—Pero señorita…

—No reparen en nada… Tenga…

Maigret no se rio, ni siquiera sonrió al ver que sacaba del bolso un billete de mil francos muy doblado y se lo tendía a su interlocutora.

—Si hace falta dinero, no importa cuánto…

Maigret decidió no volver a burlarse de ella, pero nunca había estado tan ridícula. Aún hubo más. Cuando cruzaban de nuevo el pasillo, con el velo de Félicie flotando tras ella, un niño se atravesó en su camino y ella se inclinó para besarlo y exclamó:

—¡Pobre angelito!

¿No se es más sensible a todos los dolores cuando se sufre? A pocos pasos había una joven enfermera de cabellos rubio platino, vestida de manera escandalosa con una blusa ajustada que moldeaba sus formas. La enfermera miraba a Félicie a punto de reventar de risa y llamó a otra compañera de una de las salas para mostrarle el espectáculo.

—Es usted una imbécil, señorita —le dijo Maigret.

Y siguió acompañando a Félicie con tanta seriedad como si fuera de su familia. Ella lo había oído y le estaba agradecida. En la acera, en la soleada calle, se la notaba menos forzada, encontraba natural estar cerca de él, y el comisario aprovechó para decir:

—Usted sabe toda la verdad, ¿no es cierto?

Félicie no lo negó. Desvió la mirada a manera de confesión.

—Venga.

Eran algo menos de las doce. Maigret decidió torcer a la derecha, hacia el bullicio luminoso y ruidoso de la plaza des Ternes, y ella lo siguió caminando en lo alto de sus tacones excesivos.

—De todas maneras, no le voy a decir nada —repuso Félicie al cabo de unos pasos.

—Ya lo sé.

Ahora sabía muchas cosas. Aún no sabía quién era al asesino del viejo Lapie, e ignoraba el nombre de la persona que, la noche anterior, había disparado contra el saxofonista, pero todo llegaría.

Sobre todo sabía que Félicie... ¿Cómo expresarlo? En el tren, por ejemplo, los pocos viajeros que la vieron, con su dolor teatral, la encontraban ridícula. En el hospital, aquella enfermera demasiado coqueta no había podido contener la risa. El dueño del merendero de Poissy la llamaba la Cotorra, otros la llamaban la Princesa, a Lapie se le había ocurrido el mote de Cacatúa, y el mismo Maigret se enfadaba ante sus pueriles artificios.

Y ahora la gente se volvía para mirar a la extraña pareja que formaban, y cuando Maigret empujó la puerta de un pequeño restaurante lleno de habituales, vacío a aquella hora, sorprendió la mirada que intercambiaban el camarero y la dueña, instalada en la caja.

Lo que Maigret había descubierto era la simple palpitación humana que se oculta bajo la apariencia de los fantoches más extravagantes.

—Vamos a comer tranquilamente los dos, ¿de acuerdo?
Félicie creyó su deber repetirle:
—De todas formas, no le voy a decir nada.
—Eso está claro, hija. No me va a decir nada. ¿Qué quiere comer?

El salón del restaurante es anticuado, familiar, con las paredes de un blanco crema, con grandes espejos un poco empañados, con cuencos niquelados en los que el camarero mete sus trapos, estantes pintados en imitación de la madera donde los clientes habituales guardan sus servilletas. Hay un cartel con el plato del día: ESTOFADO DE CORDERO CON VERDURAS. En el menú, hay suplementos junto a casi todos los platos.

Maigret ha pedido. Félicie se ha echado hacia atrás el velo, y su peso le tira del pelo.

—¿Era usted muy infeliz en Fécamp?

Maigret sabe lo que hace. Está esperando ese temblor en los labios, esa expresión de desafío que ella adopta de forma automática.

—¿Y por qué iba a ser infeliz?

Pues claro. ¿Por qué iba a ser infeliz? Maigret conoce Fécamp: las casitas pobres apoyadas unas sobre otras al pie del acantilado; las callejuelas por las que corre el agua sucia; los niños que retozan entre un desagradable olor a pescado.

—¿Cuántos hermanos tiene?

—Siete.

El padre, borracho; la madre, todo el día lavando ropa. La imagina de niña, demasiado alta, con las piernas muy delgadas y descalza. La colocan de fregona en un pequeño restaurante del puerto, llamado Arsène, donde duerme en la buhardilla. La echan a la calle por haber cogido algunas monedas de la caja; algunos días va a trabajar a casa de Ernest Lapie, que es carpintero naval.

Ahora, sentada frente a Maigret, come con delicadeza, y al llevarse la comida a la boca le falta poco para levantar el meñique.

—Podría haberme casado con el hijo de un armador...

—Claro, hija. Pero usted no quiso, ¿verdad?

—No me gustan los pelirrojos. Por no hablar de que su padre me acosaba. Los hombres son unos cerdos.

Es curioso, cuando se la mira de cierta manera, se olvida uno de que tiene veinticinco años; no se ve más que la cara de una niña nerviosa, y uno piensa en cómo ha podido tomársela en serio alguna vez.

—Dígame, Félicie, ¿era celoso su patrón…, quiero decir, el señor Lapie?

Maigret está satisfecho. Preveía ese brusco movimiento del mentón, esa mirada a la vez sorprendida e inquieta, ese destello de cólera en las pupilas.

—Entre nosotros nunca hubo…

—Ya lo sé, hija… Pero, aun así, él estaba celoso, ¿verdad? Apuesto a que le prohibía ir a bailar los domingos a Poissy y que tenía usted que escaparse…

Félicie no contesta. Sin duda se pregunta cómo ha adivinado el comisario los extraños celos del viejo, el cual incluso iba los domingos por la tarde a espiarla, la esperaba en el camino en cuesta y le montaba unas escenas tremendas.

—Usted le daba a entender que tenía amantes…

—¿Y por qué no iba a tenerlos?

—Eso está claro. Usted se lo contaba, y él la llamaba de todo. Me pregunto si llegó a pegarle…

—No le habría permitido que me tocase…

Félicie miente. Maigret se los imagina muy bien. Tan aislados en esa villa en medio de Jeanneville como en una isla desierta. Nada los conecta con nada. Se pelean de la mañana a la noche, se espían y se necesitan, pues los dos forman un universo.

Ahora bien, aunque Pata de Palo solo escapa de ese universo a una hora fija para jugar su partida en el Anneau d'Or, Félicie, por su parte, persiste en escapadas más escandalosas.

Se hace necesario encerrarla y vigilar bajo su ventana para impedir que vaya los domingos a jugar a la princesa de incógnito en el merendero de Poissy. Ella, en cuanto tiene un momento, corre hasta Léontine y le hace extrañas confidencias.

Es muy sencillo… Los modestos empleados que entran en el restaurante y se ponen a comer desplegando el periódico miran con asombro al extravagante personaje que se ha introducido en su decorado familiar. Todos echan una mirada a Félicie de vez en cuando. Todos sonríen o le guiñan el ojo al camarero.

Sin embargo, no es más que una mujer. Una mujer-niña. Maigret lo ha comprendido, y por eso le habla ahora con dulzura y con una indulgencia afectuosa.

Alrededor de Félicie reconstruye la vida en el Cabo de Hornos. Si el viejo Lapie viviera y Maigret le dijera: «Usted está celoso de su criada», no duda de que Lapie se escandalizaría. ¡Celoso él, que no estaba ni siquiera enamorado; él, que no estuvo enamorado en su vida! Celoso, evidentemente, porque ella formaba parte de su universo, de un universo tan restringido que si faltara la menor partícula…

¿Acaso vendía las verduras que le sobraban? ¿Vendía acaso los frutos de su huerto? ¿Los regalaba? No. Eran suyos. Félicie también era suya. No dejaba entrar a cualquiera en su casa. Era el único que bebía el vino de la bodega.

—¿Por qué llevó a su sobrino a la casa?

—Se lo encontró en París. Trató de retenerlo en el Cabo de Hornos al morir su hermana, pero fue Jacques quien no quiso. Es orgulloso.

—Y en una ocasión en que Lapie vino a París para cobrar encontró a su sobrino en un estado lamentable, ¿verdad?

—¿Por qué lamentable?

—Pétillon descargaba verduras en el mercado…

—En eso no hay nada de deshonroso.

—Claro que no. Ninguna deshonra. Al contrario. Lapie lo recogió. Y le dio su propia habitación porque…

Félicie está furiosa.

—No es lo que usted se piensa.

—Con todo, el viejo los vigilaba a los dos. ¿Qué descubrió?

—Nada.

—¿Era usted la amante de Pétillon?

Félicie mira fijamente su plato sin contestar ni sí ni no. Maigret continúa:

—Lo cierto es que la vida se hizo insoportable, y Jacques Pétillon se marchó.

—No se entendía con su tío.

—Pues lo que yo digo.

Maigret está contento. Recordará esa sencilla comida en el ambiente tan tranquilo y tan vulgar del pequeño restaurante. Un rayo de sol juega en el mantel y en la garrafa de vino tinto. La intimidad entre Félicie y él se ha hecho más dulce, casi cordial. Maigret sabe perfectamente que si se lo dijera a Félicie, ella protestaría y volverían sus gestos y actitudes de desprecio, pero está tan contenta como él de estar allí, de escapar de su soledad, la cual ella llena instintivamente de pensamientos caóticos…

—Ya verá como todo se arregla.

Félicie está casi dispuesta a creerle. Después vuelve a dominarla la desconfianza. Teme siempre Dios sabe qué trampa. Hay momentos —que por desgracia no duran mucho— en que se la nota a punto de ser una persona como las demás. Bastaría muy poco para que sus rasgos dejasen de estar en tensión y para que su mirada se posase sencillamente sobre Maigret, sin expresar cosas que no piensa. Le suben lágrimas a sus ojos, y una sensación de cansancio invade su rostro…

Félicie va a hablar, y el comisario solo quiere ayudarla paternalmente.

Pero, ay, en el mismo instante se adivina ya el pensamiento opuesto, que gravita tras su testaruda frente y que vuelve a dominarla.

—Si cree usted que no sé adónde quiere ir a parar… —dice con su tono más amargo.

Se siente sola, completamente sola y con todo el peso del drama a la espalda. Ella es el centro del mundo. La prueba es que un comisario de policía, un hombre como Maigret, se encarniza con ella y solo con ella.

Félicie no sospecha que en ese mismo instante su acompañante maneja con la mano un número considerable de hilos. Los inspectores trabajan en la calle Pigalle y sus alrededores. En el Quai des Orfèvres deben de estar ocupados en interrogar a un determinado número de individuos, a quienes se ha sacado temprano de sus camas en extrañas pensiones. En varias ciudades, los de la brigada de buenas costumbres buscan a una tal Adèle, que en otro tiempo pasó unos meses en un burdel de Ruan.

Todo eso es el trabajo rutinario de la policía, que, fatalmente, tiene que dar frutos. Pero en este pequeño restaurante, en el que los clientes se saludan con una ligera inclinación de la cabeza —pues, aunque comen todos los días unos frente a otros, nunca se han presentado—, es otra cosa lo que persigue el comisario: es el sentido del drama y no su reconstrucción mecánica.

—¿Le gustan las fresas?

Las primeras de la temporada están ahí, sobre el aparador, en cajitas acolchadas con algodón.

—Camarero… Pónganos…

Félicie es golosa y eso divierte a Maigret. O, mejor dicho, Félicie siente debilidad por las cosas singulares. No importa que Jacques Pétillon no esté en condiciones de comer uvas o naranjas o de beber champán. Es el gesto lo que cuenta, el espectáculo de esos granos violáceos, de esa botella con el cuello recubierto de papel dorado. Félicie comería fresas aunque no le gustaran.

—¿Qué le pasa, hija?

—Nada.

Félicie acaba de palidecer, y esta vez no se trata de una comedia. Le ha afectado algo. La fruta que tiene en la boca se le atraviesa, y da la impresión de que desea salir corriendo a la calle. Tose, se tapa la cara con el pañuelo.

—¿Qué es lo que…?

Maigret se da la vuelta y ve a un señor bajito que, a pesar de lo benigno del tiempo, se está quitando un grueso abrigo y una bufanda, los cuelga en una percha y coge una servilleta enrollada de uno de los estantes, el que lleva el número 13.

Es un hombre de edad mediana, corriente, vulgar, uno de esos personajes indefinidos de los que se encuentran tantos en las ciudades: solitarios, meticulosos, gruñones, viudos o solteros recalcitrantes, cuya vida no es más que un rosario de pequeños hábitos. El camarero, sin preguntarle, le da el menú y le pone delante una botella mediana de agua mineral, y el hombre, mientras despliega su periódico, mira a Félicie y frunce el ceño, trata de recordar, se pregunta...

—¿No come usted más? —dice Maigret.

—No tengo más hambre... Vámonos...

Félicie ya ha dejado la servilleta sobre la mesa. Le tiembla la mano.

—Tranquilícese, hija.

—¿Yo? Estoy tranquila. ¿Por qué iba a...?

Desde donde está sentado, Maigret puede observar al número 13 en el espejo que tiene delante y sigue con interés el esfuerzo de memoria en el rostro del desconocido. Ya lo tiene... No, no es eso... «Vamos a ver», se dice. Sigue buscando en su memoria. Lo tiene en la punta de la lengua... Y, por fin, ya está.. Sus ojos se abren mucho. Está asombrado. Parece querer decir: «¡Pero bueno! ¡Qué coincidencia...».

Sin embargo, no se levanta para saludarla. No le dirige la menor señal de inteligencia. ¿De qué la conoce? ¿Cuáles han sido sus relaciones? El hombre examina a Maigret de pies a cabeza, llama al camarero y habla con él en voz baja. El camarero debe de contestar que no sabe, que es la primera vez que la pareja...

Félicie, presa de la angustia, se levanta bruscamente y se dirige a los lavabos. ¿Tiene la garganta cerrada hasta el punto de deber vomitar las fresas que se estaba comiendo con un gusto tan delicado?

En su ausencia, Maigret y el desconocido se miran más abiertamente. ¿Tiene el número 13 ganas de acercarse a hablar con el compañero de Félicie?

La puerta de cristal esmerilada que da acceso a los lavabos es la misma que conduce a la cocina. El camarero va y viene. Es pelirrojo, como el hijo del armador de Fécamp que quería casarse con Félicie… ¿Cómo no sonreír ante esto? Félicie se inspira en todo lo que se le pone delante. Si le preguntan si era muy desgraciada, su imaginación trama a velocidad vertiginosa y el camarero se transforma en el hijo de un armador que…

Félicie se ausenta mucho tiempo, demasiado, en opinión de Maigret. El camarero, por su parte, también lleva un buen rato desaparecido. El número 13 reflexiona, como quien está a punto de tomar una decisión.

Por fin, la joven reaparece. Está casi sonriente. Mientras camina se baja de nuevo el velo sobre el rostro. No se sienta.

—¿Viene usted?

—He pedido café. Le gusta el café, ¿no?

—Ahora no. Me pondría demasiado nerviosa.

El comisario finge morder el anzuelo y llama al camarero, al que mira de frente mientras paga la cuenta, y el camarero se sonroja ligeramente. Está claro: Félicie le ha transmitido un recado para el número 13. Quizá le ha escrito unas palabras en un trozo de papel y le ha dado instrucciones de no entregárselo a su destinatario hasta que ella se vaya.

Al salir, la mirada del comisario se detiene por inercia en el grueso abrigo colgado de la percha.

—Volvemos a Jeanneville, ¿verdad?

Félicie le ha cogido del brazo con un gesto que podría parecer espontáneo.

—¡Qué cansada estoy! Tantas emociones…

Se impacienta porque el comisario sigue inmóvil al borde de la acera, como si no se decidiese.

—¿En qué piensa? ¿Por qué no viene? Sale un tren dentro de media hora…

Félicie tiene un miedo atroz. Su mano tiembla sobre el brazo de Maigret, y el comisario siente un extraño deseo de tranquilizarla. Se encoge de hombros y dice:

—Es verdad. ¡Taxi! ¡Eh! A la estación de Saint-Lazare. Líneas de cercanías.

Qué angustia acaba de quitarle de encima… En el taxi descapotable, mientras los acaricia el sol, Félicie siente la necesidad de hablar y hablar…

—Usted me ha dicho que no me dejaría… Porque lo ha dicho, ¿verdad? ¿No tiene miedo de que eso lo comprometa? ¿Está casado? Qué tonta, si lleva una alianza…

En la estación, el comisario no saca más que un billete, y Félicie se lleva un pequeño disgusto. ¿Es que va a meterla en el vagón y él se va a quedar en París? Pero ha olvidado que el comisario tiene pase libre. Maigret se instala pesadamente en el asiento y la mira con cierto remordimiento.

Al viejo señor número 13 podrá encontrarlo cuando quiera, porque, evidentemente, es un asiduo del restaurante. El tren arranca, y Félicie se cree libre. En Poissy pasan juntos ante el merendero, y el dueño, de pie ante la construcción de tablas, reconoce a Maigret y le guiña un ojo.

El comisario no resiste la tentación de molestar a Félicie.

—Vaya… Me gustaría preguntarle si Pata de Palo no vino nunca a espiarla cuando usted venía a bailar.

Ella lo arrastra.

—No vale la pena… Apareció varias veces…

—¿Ve usted como estaba celoso?

Suben el camino en cuesta. Cuando pasan ante la tienda de Mélanie Chochoi, Maigret sigue con su juego.

—¿Y si entro a preguntarle cuántas veces la ha visto pasear de noche con Jacques Pétillon?

—No nos ha visto nunca.

Esta vez está segura de sí misma.

—¿Es que se escondían tan bien?

Por fin divisan la casa en el momento en que se aleja un gran automóvil de la policía científica. Lucas, como un pequeño propietario, está solo en el umbral.

—¿Qué era eso?

—Los fotógrafos, los especialistas…

—Ah, sí… Las huellas dactilares…

Félicie está bien informada. Ha leído muchas novelas, y sin duda también novelas policiacas.

—¿Qué dicen, Lucas, muchacho?

—No mucho, jefe. El tipo llevaba guantes de goma, como usted había previsto. Se han limitado a sacar moldes de las huellas de los zapatos. Zapatos completamente nuevos, usados menos de tres días.

Félicie ha subido a su habitación para desembarazarse de su ropa de luto y del velo.

—¿Hay novedades, jefe? Se diría...

Le conoce tan bien... Maigret tiene cierta manera de expandirse, de florecer, de respirar vida por todos los poros... Mira alrededor ese lugar, tan conocido ya que, por una especie de mimetismo, Maigret adquiere el aspecto de sus habitantes...

—¿Un traguito?

Va al aparador del comedor a buscar la garrafa, que aún no está vacía, llena dos vasitos y se coloca en el umbral que da al jardín.

—A tu salud... Dime, mi pequeña Félicie...

Félicie ha bajado, en delantal, y se asegura de que los de la policía científica no le hayan desordenado la cocina.

—¿Sería usted tan amable de preparar una taza de café para mi amigo Lucas? Tengo que ir hasta el Anneau d'Or, pero le dejo al cabo para que cuide de usted. Hasta la noche.

El comisario se esperaba esa mirada desafiante y angustiada.

—Le aseguro que voy al Anneau d'Or.

Es verdad, pero no por mucho tiempo. A falta de taxi en Orgeval, le pide al mecánico Louvet que lo lleve a París en camioneta.

—A la plaza des Ternes. Vaya por la calle Faubourg Saint-Honoré.

No hay nadie cuando entra en el restaurante. El camarero debía de estar dormido en la parte de atrás, porque se presenta bostezando y con el pelo revuelto.

—¿Sabe usted dónde vive al señor el que ha entregado hace un rato la nota de la dama que me acompañaba?

Este imbécil cree estar delante de un tipo celoso o de un padre furioso. Lo niega, se turba. Maigret le enseña su documentación.

—No sé su nombre, se lo aseguro. Trabaja en el barrio, pero no debe de vivir por aquí, porque solo come en el restaurante a mediodía.

Maigret no tiene ganas de esperar al día siguiente.

—¿No sabe a qué se dedica?

—Espere… Un día le oí discutir con el dueño… Voy a ver si no ha salido…

Decididamente, todo el restaurante está ahora mismo dedicado a la siesta. El dueño se presenta sin cuello de camisa y peinándose con la mano.

—¿El trece? Trabaja en cueros y pieles. Me lo dijo un día a propósito de no sé qué. En una empresa de la avenida Wagram.

Con ayuda de una guía telefónica, el comisario descubre pronto la empresa Gellet y Mautoison, cueros y pieles, importación y exportación, en el número 17 bis de la avenida Wagram. Allí se dirige. El tecleo de máquinas de escribir en las oficinas, ensombrecidas por los cristales verdosos de las ventanas, en las cuales, desde el interior, se puede leer los nombres de los patrones al revés.

—Debe de ser el señor Charles… Espere…

Lo conducen, a través de una serie de pasillos y escaleras que huelen a grasa hasta una especie de desván en lo más alto del edificio, en cuya puerta un cartel anuncia: INTENDENCIA.

Es efectivamente el señor 13. Ahí está, más apagado que nunca, enfundado en el largo guardapolvos gris que usa para realizar sus funciones. Se sobresalta al ver entrar a Maigret en su refugio sacrosanto.

—¿Señor?

—Policía judicial. No tenga miedo. Solo le quiero pedir una información.

—No veo qué…

—Sí, señor Charles. Lo ve muy bien. ¿Quiere mostrarme la nota que le ha entregado el camarero hace un rato?

—Le juro…

—No jure usted, porque me va a obligar a detenerlo en el acto como cómplice de asesinato.

El hombre se suena ruidosamente, y no solo para ganar tiempo, sino porque tiene un resfriado permanente, lo cual explica el grueso abrigo y la bufanda.

—Me pone usted en una situación…

—Bastante menos embarazosa que la que se crearía usted mismo si no me contesta con franqueza.

Maigret habla en voz alta, se hace el fuerte, como dice la señora Maigret, que lo conoce mejor que nadie y a la cual esa actitud le resulta siempre muy graciosa.

—Mire usted, señor comisario, yo no he creído que mi actitud…

—Antes de nada, enséñeme la nota.

El otro no la saca del bolsillo, sino que se ve obligado a subir a una escalera para cogerla de la parte más alta de un estante, detrás de las reservas de papel timbrado, donde la había escondido. No extrae solamente el documento, sino también una pistola, que sujeta con precaución, como quien tiene verdadero terror a las armas.

Se lo ruego, no diga nada jamás, bajo ningún pretexto. Tire al Sena lo que usted sabe. *Es una cuestión de vida o muerte.*

Maigret sonríe ante las últimas palabras, que son puro Félicie. ¿No le dijo lo mismo a Louvet, el mecánico de Orgeval?

—Cuando me di cuenta…

—Cuando se dio cuenta de que tenía esta pistola en el bolsillo del abrigo, ¿verdad?

—¿Lo sabe usted?

—Acababa usted de tomar el metro. Iba apretado contra una joven de riguroso luto y, en el momento en que ella se dirigía hacia la salida, notó usted que le metían en el bolsillo un objeto pesado.

—No me di cuenta hasta después.

—Se asustó.

—Nunca he manejado armas de fuego en mi vida. No sabía si estaba cargada… Aún no lo sé.

Con gran susto del intendente, Maigret retira el cargador, del que falta una bala.

—Pero usted se acordaba de la joven de luto…

—Primero pensé ir a entregar este… este objeto a la policía…

El señor 13 se turba.

—Es usted un hombre sensible, señor Charles. Las mujeres lo impresionan, ¿no es cierto? Apostaría a que no ha tenido usted muchas aventuras en su vida…

Suena un timbre. El viejo mira con terror el tablero colocado delante de su escritorio.

—Es el jefe, que me llama… ¿Necesita que…?

—Vaya usted. Ya sé cuanto quería saber.

—Pero esa persona… Dígame, ¿de verdad ha…?

La mirada de Maigret se ensombrece.

—Eso ya se verá, señor Charles. Vaya usted. Su jefe se está impacientando.

Porque el timbre está sonando de nuevo, imperioso.

Poco después, el comisario le indica a un taxista:

—A Gastinne-Renette, la armería.

De modo que durante tres días, sabiéndose vigilada, sabiendo que iban a registrar de cabo a rabo la casa y el jardín, Félicie llevó la pistola escondida en el pecho. El comisario se la imagina sentada en la camioneta. La carretera no está lo bastante desierta. Pueden estar siguiéndolos. Louvet podría verla. Pero en París…

En la Porte Maillot, un inspector empieza a seguirla. Félicie se toma tiempo para reflexionar y entra en una pastelería, donde se atraca de pasteles. Un vaso de oporto. Probablemente no le guste el oporto, pero eso forma parte de las cosas suntuosas, como las uvas y el champán que ha llevado al hospital. El metro… Hay muy poca gente a esa hora. Félicie espera. El inspector está ahí, no deja de mirarla…

Por fin, a las seis de la tarde, la multitud invade los vagones, los viajeros apretados unos contra otros, el providencial abrigo con los bolsillos abiertos…

Es una pena que Félicie no pueda ver a Maigret mientras el taxi lo lleva a la armería. Quizá durante un segundo abandonaría su angustia y se sentiría orgullosa al leer admiración en el rostro del comisario.

6

Maigret se queda

¿Cuántos miles de veces ha subido con su pesado caminar la ancha y polvorienta escalera del Quai des Orfèvres, cuyo suelo cruje siempre un poco bajo sus pies y en la que en invierno reinan unas corrientes de aire mortales? Maigret tiene costumbres inmutables, como por ejemplo la de echar una mirada al hueco de la escalera a su espalda cuando sube los últimos escalones, y luego, en el umbral del vasto vestíbulo de la policía judicial, asomarse distraídamente a lo que él llama la «linterna», y que es simplemente la sala de espera acristalada a la izquierda de la escalera, con una mesa cubierta por un tapiz verde, sillones verdes y unas pequeñas fotografías redondas, dentro de marcos cuadrados y negros, de los policías caídos en acto de servicio.

Hay mucha gente en la linterna, a pesar de que son ya las cinco de la tarde. Maigret está tan absorto que, por un instante, se olvida de que la presencia de aquella gente se debe al asunto que lleva él. Reconoce a varias personas, y uno corre hacia él:

—Dígame, señor comisario. ¿Va a durar mucho esto? ¿No hay forma de que se me adelante el turno?

La flor y nata de la plaza Pigalle está allí, convocada por uno de sus inspectores según órdenes de Maigret.

—Me conoce usted, ¿verdad? Usted sabe que soy decente y que no me mezclaría en una historia como esta. Ya me han hecho perder la tarde…

La amplia espalda de Maigret se aleja. El comisario empuja como por azar dos o tres de las puertas que se alinean a lo largo del pasillo. En el Quai reina una fiebre que conoce muy bien; hay interrogatorios en todos los rincones, incluso en su despacho, en el que Rondonnet, un novato, se ha sentado en el propio sillón de Maigret y fuma en una pipa que se parece a la suya. Ha llevado la semejanza al punto de hacer subir dos cervezas de la cervecería Dauphine. En la silla está uno de los camareros del Pélican. Rondonnet le guiña el ojo a su jefe, abandona un instante a su paciente y se acerca al comisario en el pasillo, donde se han desarrollado tantas escenas de esa clase.

—Aquí hay gato encerrado, jefe. No sé aún qué exactamente pero… Ya sabe cómo es esto. Los dejo rabiar en la linterna a propósito. Se nota que se han confabulado. Saben algo. ¿Ha visto usted al director? Creo que le busca por teléfono desde hace una hora. A propósito, hay un mensaje para usted.

Va a buscarlo a la mesa. Es de la señora Maigret.

Élise ha llegado de Épinal con su marido y los niños. Cenaremos todos en casa. Intenta venir. Han traído boletus.

Maigret no irá. Está preocupado. Tiene prisa por comprobar una idea que se le ha ocurrido hace un rato, mientras esperaba en la armería Gastinne-Renette el resultado del experto en armas. Estaba paseando por una de las galerías de tiro, en el sótano, donde una joven pareja de recién casados, que se iba a África de viaje de bodas, probaba unas armas formidables. Estaba pensando una vez más en la casa de Pala de Palo. En su imaginación, subía la escalera encerada y, de repente, se detenía en el pasillo, dudaba ante las dos puertas y, de pronto, se acordaba de las tres habitaciones. «¡Pues claro!».

Desde ese instante solo tiene prisa por una cosa: ir a la casa, donde está casi seguro de que hará un descubrimiento. El resultado del experto lo sabe de antemano, pues tiene la certeza de que al viejo Lapie lo asesinaron con la pistola recogida en la avenida Wagram. Una Smith & Wesson. No es ningún juguete. No es el arma de un aficionado, sino de un profesional. Un cuarto de hora más tarde, el viejo Gastinne-Renette le confirma sus sospechas. «Evidentemente es este, señor comisario. Esta tarde le enviaré un informe detallado con las fotografías ampliadas».

Aun así, Maigret ha querido pasar por el Quai para asegurarse de que no hay novedades. Llama a la oficina del director y empuja la puerta acolchada.

—¿Es usted, Maigret? Ya me temía que no podría localizarlo por teléfono. ¿Ha enviado usted a Dunan a la calle Lepic?

Maigret se ha olvidado de eso. Ha sido él, sí. Por si acaso. Le ha encargado a Dunan que examine con cuidado la habitación de Pétillon en el hotel Beauséjour.

—Ha telefoneado hace un rato. Parece ser que alguien ha pasado por allí antes que él. Quiere verlo a usted lo más pronto posible. ¿Irá?

Dice que sí. Aunque siente horror a que se interrumpa el hilo de sus ideas, y es en Jeanneville donde están sus ideas, no en la calle Lepic.

Cuando sale de la policía judicial, alguien corre tras él, uno de los señores que están esperando.

—¿No podría ser que me atendieran ahora? Tengo cosas que hacer...

El comisario se encoge de hombros. Un poco más tarde, un taxi lo deja en la plaza Blanche, y en el momento en que pisa la acera tiene una especie de desfallecimiento. La plaza está inundada de sol. Un gran café extiende su terraza bulliciosa de personas, y se diría que estas no tiene nada mejor que hacer que sentarse a las mesas y beber cerveza fría o cócteles y acariciar con la mirada a las mujeres guapas que pasan.

Por un instante Maigret los envidia; piensa en su mujer, que recibe en ese momento la visita de su hermana y su cuñado en su apartamento del bulevar Richard-Lenoir, y en las setas que están a punto de saborear y que sin duda despiden un olor a ajo y a bosque húmedo... Maigret adora los boletus.

También le gustaría sentarse en esa terraza. Ha dormido muy poco las últimas noches, comiendo siempre a la carrera, bebiendo al vuelo cualquier cosa, y le parece que está obligado, por ese sagrado oficio que ha escogido, a vivir la vida de los demás en lugar de vivir tranquilamente la suya. Por suerte, dentro de unos años le concederán la jubilación y entonces, con un amplio sombrero de paja en la cabeza, cuidará de su jardín, un jardín muy bonito, como el del viejo Lapie, con una bodega a la que irá de vez en cuando a refrescarse.

—Una cerveza, deprisa.

Apenas tiene tiempo de sentarse. Ve al inspector Dunan, que le busca.

—Le esperaba, jefe. Ahora verá…

Félicie debe de estar ocupada en preparar su cena en el hornillo de gas butano, con la puerta abierta al huerto dorado por el sol poniente.

Maigret entra en el vestíbulo del hotel Beauséjour, que se encuentra entre una salchichería y una tienda de zapatos. En la recepción, detrás de una ventanilla de cristal, hay un hombre monstruosamente gordo, sentado en un sillón Voltaire junto al tablero de las llaves, con sus hidrópicas piernas a remojo en una palangana esmaltada.

—Le aseguro que no es culpa mía. No tiene más que preguntarle a Ernest. Él fue quien los hizo *subir*.

Ernest, el mozo, que tiene aún más sueño que Maigret, porque *hace* las horas nocturnas y diurnas y rara vez duerme dos horas de un tirón, explica con voz lenta:

—Fue a primera hora de la tarde. A esa hora no viene más que algún *imprevisto*… Usted ya me entiende. Las habitaciones del primer piso solo se usan para eso. Normalmente, conocemos a todas las chicas. Al pasar, dicen: «Subo a la ocho», y al bajar vienen a cobrar su porcentaje, porque les damos dos cincuenta por habitación. Justo noté que a esa no la conocía. Una morena no muy vieja. Esperó en el vestíbulo a que le diera la llave.

—¿Y el hombre que iba con ella? —pregunta Maigret.

—No sabría decirle… Casi no los miramos, ¿sabe?, porque no les gusta. Suelen estar un poco avergonzados. Los hay que hasta vuelven la cara, o simulan sonarse, y en invierno se levantan el cuello del abrigo… Era un tipo como los otros, ni más ni menos. No me llamó la atención. Los llevé a la cinco, que estaba libre.

Pasa una pareja. Una voz grita:

—¿A la nueve, Ernest…?

El viejo hidrópico consulta el tablero y contesta con un gruñido afirmativo.

—Esa es Jaja. Una asidua. ¿Qué le estaba diciendo? Ah, sí… El hombre bajó primero, después de un cuarto de hora aproximadamente. Eso es así casi siempre. No vi pasar a la mujer, y diez minutos más tarde, poco más o menos, entré en la habitación, que estaba vacía, y la puse en orden. «Se habrá ido sin que me dé cuenta», me dije. Después llegó gente y ya no pensé más en el asunto, pero media hora más tarde me quedé asombrado al verla pasar a mi espalda. «Pero bueno, ¿dónde habrá estado esta?», me pregunté. Después se me fue de la cabeza, hasta que su inspector, que me había pedido la llave de la habitación del músico, vino a hacerme preguntas.

—¿Dice usted que no la había visto nunca?

—Tampoco diría eso. Es verdad que no era una asidua, pero tengo la impresión de haberla visto en alguna parte… Su cara me sonaba.

—¿Cuánto tiempo hace que está usted en el hotel Beauséjour?

—Cinco años.

—Entonces ¿podría ser una clienta antigua?

—Es posible. Pasan tantas… Ya sabe usted, las ves quince días o un mes y luego cambian de barrio, o se van a provincias…, o se las llevan ustedes.

Maigret, en compañía del inspector, sube con pesadez al quinto piso, donde vive Pétillon. La cerradura de la puerta no ha sido forzada. Es una cerradura vulgar, de las que puede dar cuenta la más sencilla de las llaves maestras.

Dentro, Maigret lanza un silbido porque, como trabajo, es un trabajo excelente. Aunque no hay demasiados muebles, puede decirse que han sido examinados en profundidad. El traje gris de Pétillon está sobre la colcha con los bolsillos del revés; los cajones están abiertos; la ropa de cama está desparramada, y, por último, la visitante ha cortado cuidadosamente con tijeras el colchón, la almohada y el edredón, y las bolas de lana y las plumas forman sobre el suelo una especie de manto nevado.

—¿Qué opina, jefe?

—¿Hay huellas?

—Han venido ya los de la policía científica. Me permití telefonear y han enviado a Moers, pero no ha encontrado nada. ¿Qué podrían estar buscando de este modo?

No es eso lo que interesa a Maigret. Lo que *buscan*, como dice Dunan empleando el plural, tiene mucha menos importancia que la manera encarnizada en que lo han hecho. Y todo eso sin cometer un error…

La pistola que mató a Jules Lapie es una Smith & Wesson, un arma que puede encontrarse en el bolsillo de todos los verdaderos tipos duros.

¿Qué pasa tras la muerte del jubilado? Pétillon se asusta. Recorre la salas de fiestas de Montmartre y los bares más o menos de mala nota en busca de alguien a quien no encuentra. Tal vez porque sentía a la policía siguiéndole los talones, Pétillon se obstina, continúa buscando, se va a Ruan, donde pregunta por una tal Adèle, que ha dejado el bar Tivoli meses antes.

A partir de ese momento se siente descorazonado. Ha llegado a su límite. Renuncia. Maigret solo tuvo que reunirse con él y ya estaba dispuesto a hablar.

En ese momento lo quitan de en medio con toda limpieza, en plena calle, y el que se encargó del trabajo no es, con seguridad, un niño de primera comunión.

¿No es el mismo que, sin perder un instante, había corrido a Jeanneville?

En la plaza Pigalle, Pétillon tenía a su lado al comisario, pero eso no detuvo al asesino.

La casa de Lapie estaba vigilada, y ese hombre debe de saberlo o, en todo caso, sospecharlo, pero eso tampoco lo detiene: entra en la casa, coloca una silla ante el armario y levanta una de las tablas de este.

¿Descubrió lo que buscaba? Sorprendido por Félicie, le pega y desaparece, dejando solo las poco comprometedoras huellas de unos zapatos nuevos.

Esto ocurrió hacia las tres o las cuatro de la mañana. Y he aquí que, a primera hora de la tarde, ya la emprenden con la habitación de Pétillon.

Esta vez, una mujer. Morena y bastante bonita, como la Adèle del Tivoli. La mujer no comete un solo error. Habría podido entrar en aquel hotel acostumbrado a los clientes *imprevistos*, como dice Ernest, con su amante o con un cómplice. Pero ¿quién sabe si el hotel Beauséjour no estará vigilado también? Ella sigue el juego. Es realmente con un acompañante *imprevisto* con quien pide una habitación. Solo después de haberse marchado este, se desliza ella escaleras arriba, hasta el quinto piso —no hay nadie a esas horas en los pisos superiores— y registra la habitación de forma meticulosa.

¿Qué se deduce de estas idas y venidas, cada vez más rápidas? Que *ellos* tienen prisa. Que *ellos* necesitan encontrar cuanto antes lo que sea que buscan. Y también que *ellos* no lo han encontrado aún.

Esa es la razón por la que Maigret siente también ahora un ansia febril. Es cierto que le pasa lo mismo cada vez que se aleja del Cabo de Hornos, como si temiese que en su ausencia sucediese alguna catástrofe. Arranca una hoja de su libreta de notas.

Gran redada esta noche en los distritos IX y XVIII.

—Dale esto al comisario Piaulet. Él entenderá.

Ya en la calle, mira una vez más la terraza, en la que la gente no tiene otra cosa que hacer que dejar pasar la vida y respirar la primavera. Venga, una cerveza más, a toda carrera. Con su corto bigote cubierto de espuma, se instala cómodamente en el asiento de un taxi.

—Primero a Poissy. Luego ya le diré.

Lucha a duras penas contra el sueño. Con los ojos medio cerrados, se promete dormir veinticuatro horas seguidas en cuanto termine ese asunto. Se imagina su habitación, con la ventana completamente abierta, los ruidos familiares de la casa, su esposa andando de puntillas y chistando a los repartidores demasiado ruidosos.

Pero eso, como en la canción, es lo que no pasa nunca. Siempre se sueña, se promete, se jura y después, llegado el momento, suena el puñetero timbre del teléfono que la señora Maigret tiene tantas ganas de asfixiar como a una bestia maligna. «¿Hola? Sí, sí…», y Maigret ya está en danza.

—¿Y ahora, jefe?

—Suba por el camino a la izquierda. Yo le digo dónde parar.

A pesar del sueño que tiene, la impaciencia lo mantiene despierto. Desde la armería Gastinne-Renette no piensa más que en eso. ¿Cómo no se le ocurrió antes? Ahora le quema, como dicen los niños que juegan a las manos calientes. Ya le llamó la atención la historia de las tres habitaciones en un primer momento, pero después siguió otros derroteros. Se distrajo con ideas de celos…

—A la derecha. Sí. El tercer chalet. Escuche, me gustaría contar con usted toda la noche. ¿Ha cenado ya? ¿No? Lucas, ven aquí, muchacho. ¿Nada nuevo? ¿Está Félicie? ¿Cómo dices? ¿Que te ha llamado para invitarte a una taza de café y una copa? No, te equivocas, no es porque tenga miedo, es porque esta mañana he puesto en su sitio a una enfermera presumida que se burló de ella. Su agradecimiento hacia mí se ha reflejado en ti, eso es todo. Sube al taxi, vete al Anneau d'Or, cena y que cene el taxista. Permanece en contacto con la encargada del teléfono. Que se prepare para que la molesten toda la noche. ¿Está ahí la bicicleta?

—La he visto en el jardín, contra la pared de la bodega.

Desde el umbral, Félicie los observa. Cuando se va el coche y Maigret se acerca, pregunta con su aire desconfiado:

—¿Ha ido usted a París, *a pesar de todo*?

Maigret sabe qué está pensando Félicie. Se pregunta si el comisario ha regresado al pequeño restaurante donde comieron, si ha encontrado al señor del abrigo y la bufanda y si este ha hablado a pesar de la patética nota de ella.

—Venga conmigo, Félicie. Se acabaron los juegos.

—¿Adónde va?

—Arriba. Vamos.

Empuja la puerta de la habitación del viejo Lapie.

—Reflexione bien antes de contestarme. Cuando Jacques ocupó esta habitación durante unos meses, ¿qué muebles y qué cosas había aquí?

Félicie no se esperaba esa pregunta y se pone a reflexionar mientras recorre la habitación con la mirada.

—En primer lugar estaba la cama de latón que está ahora en el tratero… Llamo trastero a la habitación que hay después de la mía, la que ocupé unos meses… Después, se amontonó ahí todo lo que rodaba por la casa, y en otoño se ponen ahí las manzanas para conservar.

—La cama… ¿Y después? ¿El aseo?

—No, es el mismo.

—¿Las sillas?

—Espere… Eran las sillas de cuero que ahora están en el comedor.

—¿El armario?

Lo ha dejado para el final y está tan ansioso que aprieta con los dientes la boquilla de la pipa hasta que oye el chasquido de la ebonita.

—Era el mismo.

De golpe se siente defraudado. Le parece que se ha dado prisa desde la armería solo para chocar contra una pared o, peor aún, para caer en el vacío.

—Pero cuando digo que era el mismo —prosigue Félicie—, quiero decir que era el mismo y no lo era. Hay dos armarios exactamente iguales en la casa. Los compró Lapie en una subasta hace tres o cuatro años, ya no me acuerdo.

A mí no me gustaron, porque habría preferido armarios de luna. No hay en la casa un solo espejo en el que pueda una verse de cuerpo entero…

Uf… Si supiera el peso que acaba de quitarle de encima… Maigret ya no le dedica ni un segundo. Corre a la habitación de Félicie, la atraviesa en tromba y entra en la habitación transformada en trastero, abre la ventana y aparta brutalmente las persianas.

¿Cómo no le llamó la atención antes? En esta habitación hay de todo: un linóleo enrollado, alfombrillas viejas, sillas colocadas unas encima de otras, como en las cervecerías después del cierre. Hay listones de madera blanca que deben de servir para colgar las manzanas durante el invierno, una caja que contiene una vieja bomba manual, dos mesas y, por último, en medio de todos esos trastos, un armario idéntico al de la habitación del viejo.

Maigret tiene tanta prisa que derriba la cama de latón desarmada y apoyada contra la pared. Empuja una mesa, se sube a ella, pasa la mano por la espesa capa de polvo que hay encima del armario.

—¿No tiene una herramienta cualquiera?

—¿Qué herramienta?

—Un destornillador, un escoplo, unos alicates, cualquier cosa.

El pelo se le llena de polvo. Félicie ha bajado. La oye caminar por el jardín y entrar en la bodega. Por fin regresa con un punzón y un martillo.

—¿Qué quiere hacer? —le pregunta a Maigret.

Levantar las tablas del fondo, ¿qué otra cosa va a ser? Por otra parte, no es difícil. Una está casi suelta. Debajo hay papeles. Maigret los coge y enseguida encuentra un paquete pequeño envuelto en un periódico viejo.

Entonces mira a Félicie y la ve completamente pálida, rígida, con el rostro levantado hacia él.

—¿Qué hay en este paquete? —pregunta Maigret.

—Yo no sé nada.

Han vuelto su voz aguda y su expresión de desdén.

Maigret baja de la mesa.

—Vamos a saberlo inmediatamente, ¿verdad? ¿Está segura de que no lo sabe?

¿La cree? ¿No la cree? Se diría que el comisario está jugando al gato y al ratón. Se toma su tiempo y, antes de abrir el paquete, dice:

—Esto es un periódico de hace un poco más de un año. Je, je… ¿Sabía usted, mi pequeña Félicie, que había semejante fortuna en la casa?

Porque lo que acaba de descubrir es un fajo de billetes de mil francos.

—Cuidado. Esto no se toca.

Sube de nuevo a la mesa, retira todas las tablas de la parte de arriba del armario y se asegura de que no haya nada más escondido.

—Estaremos mejor abajo. Vamos.

Se instala muy satisfecho ante la mesa de la cocina. Siempre ha sentido debilidad por las cocinas en las que reinan los buenos olores y donde se tiene el espectáculo de cosas apetitosas, de buenas verduras, de carne sangrante, de pollos a medio desplumar. La garrafa, de la que Félicie ha ofrecido un vaso a Lucas, sigue ahí, y Maigret se sirve otro antes de ponerse a contar los billetes con el aire de un cajero concienzudo.

—Doscientos diez…, once…, doce…, Doscientos veintitrés…, veinticuatro…

Maigret mira a Félicie: la chica tiene los ojos clavados en los billetes y la sangre ha desaparecido de su rostro, en el que se ven ahora con más claridad las huellas de los golpes recibidos la noche anterior.

—Doscientos veintinueve mil francos, Félicie. ¿Qué le parece? Había doscientos veintinueve billetes de mil francos escondidos en la habitación de su amiguito Pétillon. Porque era precisamente en su habitación donde estaban escondidos, ¿comprende? El hombre que ahora tiene tan urgente necesidad de esta suma sabía perfectamente dónde encontrar el tesoro… Solo hay una cosa que no sospechó: que había dos armarios idénticos. ¿Cómo suponer también que cuando Lapie volvió a ocupar su habitación llevó su manía hasta el punto de traerse su propio armario y trasladar el otro al trastero?

—¿Y eso le dice algo? —pregunta Félicie sin convicción.

—En todo caso, me permite entender por qué anoche recibió usted un golpe que la podría haber dejado inconsciente y por qué horas más tarde alguien registró la habitación de su amigo Pétillon.

Maigret se levanta. Necesita moverse un poco. Su alegría no es completa. Un éxito exige otro. Ahora que ya tiene lo que buscaba, ahora que los hechos le han dado la razón —se acuerda con toda nitidez de la galería de tiro donde le vino de pronto la idea—, ahora que ha marcado un punto, se plantean otras preguntas. Va y viene por el jardín, endereza un rosal y recoge por inercia el azadón que Jules Lapie, llamado Pata de Palo, tiró instantes antes de morir estúpidamente en su habitación.

Por la ventana abierta de la cocina ve a Félicie como convertida en estatua. En los labios del comisario flota un amago de sonrisa. ¿Por qué no? Parece decir, encogiéndose de hombros: «Sigamos probando».

Y le habla por la ventana, jugando con el azadón manchado de tierra.

—Mire, Félicie, cada vez estoy más convencido, por extraño que le parezca, de que Jacques Pétillon no mató a su tío, e incluso de que no tiene nada que ver con todo este sangriento asunto.

Félicie lo mira sin reaccionar. Su rostro no ha traslucido la menor alegría.

—¿Qué me dice? Debería estar contenta…

Ella se esfuerza por sonreír, pero es una sonrisa muy pobre la que alarga sus delgados labios.

—Estoy contenta. Se lo agradezco.

Maigret tiene que hacer un esfuerzo para no manifestar abiertamente su buen humor.

—Ya veo que está contenta, muy contenta. Y ahora estoy convencido de que va a ayudarme a demostrar la inocencia del joven a quien ama… Porque usted lo ama, ¿verdad?

Félicie vuelve la cabeza, sin duda para que el comisario no pueda ver su boca, que reflejan sus ganas de llorar.

—Sí. Usted lo ama. No hay nada deshonroso en ello. Estoy convencido de que se curará, de que ambos caerán en brazos uno del otro, de que, para agradecerle a usted todo lo que ha hecho por él…

—Yo no he hecho nada por él…

—¡De acuerdo! Lo mismo da. Estoy convencido, digo, de que se casarán y tendrán muchos niños…

Félicie estalla, como esperaba el comisario. ¿Acaso no es eso lo que ha estado buscando él?

—¡Es usted un bruto! ¡Un bruto! Es usted el hombre más cruel…, el más… el más…

—¿Porque le he dicho que Jacques es inocente?

Esta corta frase la encoleriza aún más. Comprende que se ha equivocado, pero es demasiado tarde y ya no sabe qué decir, se siente desdichada, horriblemente desamparada.

—Usted no cree eso —dice—. Solo intenta hacerme hablar. Desde el momento en que puso los pies aquí…

—¿Cuándo vio a Pétillon por última vez?

A pesar, de todo, ella tiene la suficiente presencia de ánimo para contestar:

—Esta mañana.

—Quiero decir antes.

Félicie no contesta y Maigret se vuelve ostensiblemente hacia el jardín, hacia el cenador, hacia la mesa pintada de verde, sobre la que cierta mañana había una garrafa de aguardiente y dos vasos. Félicie ha seguido su mirada. Sabe lo que piensa el comisario.

—No le voy a decir nada.

—Ya lo sé. Me lo ha dicho por lo menos veinte veces; tantas que ya parece una letanía. Es una suerte que hayamos encontrado los billetes…

—¿Por qué?

—¿Ve usted cómo esto empieza a interesarle? Cuando Pétillon se marchó del Cabo de Hornos hace un año, estaba peleado con su tío, ¿verdad?

—No se entendían bien, pero…

—El caso es que desde entonces no ha vuelto.

Félicie trata de adivinar adónde quiere ir a parar el comisario. Se nota el esfuerzo de su imaginación.

—Y usted no ha vuelto a verlo —suelta por fin Maigret—. O, más exactamente, no ha hablado con él. Si no, usted le habría dicho sin duda que los armarios se habían cambiado de sitio.

Félicie nota el peligro. Está ahí, escondido bajo esas preguntas insidiosas. ¡Dios mío! ¡Qué difícil es defenderse contra este hombre plácido que fuma su pipa mirándola con aire paternal! ¡Lo odia! Sí, lo odia; jamás nadie la ha hecho sufrir como este comisario que no le deja un instante de tranquilidad y que le dice las cosas más inesperadas con una voz monótona y dando pequeñas chupadas a su pipa.

—Usted no era su amante, Félicie.

¿Hay que decir que sí? ¿Conviene decir que no? ¿Adónde quiere llevarla con todo esto?

—Si hubiera sido su amante, lo habría vuelto a ver, porque la pelea con su tío no tenía nada que ver con el amor entre los dos. Usted habría tenido ocasión de hablarle del cambio de muebles. Pétillon habría sabido así que el botín ya no estaba en la habitación del viejo, sino en el trastero. Trate de seguir mi razonamiento. Si lo hubiera sabido, no habría entrado en esa habitación, donde, Dios sabe por qué, se vio obligado a matar a su tío.

—Eso no es verdad.

—Entonces no era usted su amante…

—No.

—¿No tuvo nunca relaciones con él?

—No.

—¿Ignoraba él que usted lo amaba?

—Sí.

Maigret deja que una sonrisa de satisfacción se extienda por su semblante.

—Muy bien, hija. Creo que es la primera vez que no me miente desde el comienzo de la investigación. Esa historia de amor la comprendí desde el primer momento. Es usted una chiquilla a la que la vida no ha dado muchas cosas buenas. A falta de realidades, ha fabricado usted la realidad con sus sueños. Usted no era la pequeña Félicie, la criada del viejo señor Lapie, sino todos los maravillosos personajes de las novelas que leía… Pata de Palo, en los sueños de usted, no era simplemente su jefe malhumorado, sino su padre, y usted, como en las mejores novelas populares, se convirtió en hija del pecado. No se sonroje. Necesitaba hermosas historias, aunque no fuese más que para contárselas a su amiga Léontine y para escribirlas en su agenda. Desde que entró un hombre en la casa, usted se convirtió con su imaginación en su amante. Vivió usted un gran amor, y el pobre muchacho, apuesto cualquier cosa, no supo nunca nada. Igual que apostaría cualquier cosa a que el administrador Forrentin no se ha fijado nunca en usted, pero su barba la ayuda a transformarlo en una sátiro.

Durante un segundo, Félicie sonríe fugazmente. Pero pronto la sonrisa desaparece y vuelve a poner gesto huraño.

—¿Adónde quiere ir a parar?

—No lo sé aún —confiesa Maigret—, pero lo sabré pronto, y gracias a este botín que hemos descubierto. Ahora voy a pedirle una cosa. A las personas que están buscando este botín y que lo necesitan con tanta urgencia como para arriesgarse a todo lo que se han arriesgado desde ayer, nadie las va a detener. La idea que yo he tenido, la sencilla idea de los muebles cambiados, también podría ocurrírseles a ellos. Me gustaría, por tanto, que no se quedara sola aquí esta noche. Por mucho que me odie, le pido permiso para pasar la noche en la casa. Usted podrá encerrarse en su habitación. ¿Qué tiene para cenar?

—Morcilla, y quería preparar puré de patatas…

—Perfecto. Invíteme. Voy a Orgeval a dar algunas instrucciones y vuelvo. ¿De acuerdo?

—Si usted quiere…

—¡Sonría!

—No.

Maigret se mete los billetes de banco en el bolsillo, va a buscar la bicicleta cerca de la bodega y aprovecha para servirse un vaso de vino. En el momento en que se sube a la bicicleta, Félicie le grita:

—¡A pesar de todo, le odio!

Y el comisario se vuelve sonriente y contesta:

—Y yo, Félicie, la adoro.

7

La noche del bogavante

Las seis y media de la tarde. Es aproximadamente la hora en la que, frente al Cabo de Hornos, Maigret monta en la bicicleta y se vuelve para decirle a Félicie, que está de pie en el umbral de la villa:

—Yo la adoro.

En Béziers suena el timbre del teléfono en la comisaría de policía, cuya ventana está completamente abierta. El despacho está vacío. Arsène Vadivert, secretario del comisario, asiste en mangas de camisa a una partida de petanca a la sombra de los plátanos y se vuelve hacia la ventana enrejada, tras la cual se oye el teléfono, que insiste.

—¡Ya va, ya va! —grita, molesto, y mientras camina sigue protestando—: Ya va, ya va... Diga. ¿Es París? ¿Eh? ¿Cómo? Esto es Béziers. Béziers, así, como se pronuncia... ¿La policía judicial? Ya hemos recibido su comunicado... ¡Su comunicado! ¿Es que no entienden francés en París? Su comunicado en relación con una tal Adèle... En fin, pues quizá podamos ayudarlos.

Se inclina un poco para ver por la ventana la camisa blanca de Grêlé, que se prepara para hacer un tiro de carro seco.

—Esto ocurrió la semana pasada, el jueves, en la casa. ¿Cómo dice? ¿Que qué casa? ¡Pues la casa! Aquí la llamamos la Paradou. Una tal Adèle, una morena bajita… ¿Cómo? ¿Con los pechos en forma de pera? De eso yo no sé nada, señor. No le he visto los pechos. Y, por otra parte, se ha marchado. Si me escuchara, ya lo sabría. Tengo otras cosas que hacer. Le digo que una tal Adèle quiso irse y pidió la cuenta. La encargada llamó al patrón. Parece ser que no tenía derecho a marcharse así, que debía terminar el mes. En resumen, que el patrón no quiso darle el dinero que ella reclamaba, y la tal Adèle se puso a romper botellas y a desgarrar almohadones, y se armó un escándalo de mil demonios. Al final, como no tenía un céntimo, pidió prestado a una compañera y se fue. A París. ¿Cómo? No sé nada más. Usted ha preguntado por una Adèle y yo le proporciono una. Buenas tardes, compañero.

Las siete menos veinticinco. El Anneau d'Or, en Orgeval. Una puerta abierta en el centro de una fachada de un blanco grisáceo. Un banco a cada lado de la puerta. Un laurel en medio tonel en el extremo de cada banco. Bancos y toneles están pintados de verde oscuro. La línea entre el sol y la sombra se halla precisamente en mitad de la acera. Se detiene una camioneta. Baja el carnicero con una blusa a cuadros azules.

En el salón reina una penumbra fresca y el patrón juega a las cartas con Forrentin, Lepape y el taxista que ha llevado a Maigret. Lucas los observa fumando su pipa con una placidez que ha copiado del comisario. La dueña limpia unos vasos. El carnicero exclama:

—Hola a todo el mundo! Póngame un vino, señora Jeanne. Oiga, si le gusta un buen bogavante… Acaban de regalarme dos en la ciudad y en casa solo lo como yo, porque mi mujer dice que le da urticaria.

Va a buscar el bogavante vivo a la camioneta, lo trae sujetándolo por una pata. Enfrente se abre una ventana, se mueve una mano y una voz grita:

—¡Al teléfono, señor Lucas!

—Antes de marcharse, dígame, señor Lucas —dice la señora Jeanne—. ¿Le gusta el bogavante?

¡Que si le gusta el bogavante!

—¡Germaine! Pon enseguida agua a hervir para cocer el bogavante.

—¿Diga? Sí, Lucas. El patrón no está lejos… ¿Cómo? ¿De Béziers? ¿Adèle? ¿El jueves?

Maigret baja de la bicicleta en el preciso momento en que el carnicero se aleja en su camioneta. Observa la partida de cartas mientras Lucas sigue al teléfono. El bogavante se mueve torpemente sobre las baldosas al pie del mostrador.

—Dígame, patrona, ¿es suyo ese bogavante? ¿Tiene más?

—Pues justo iba a ponerlo a cocer para el cabo y el taxista.

—Comerán otra cosa. Me lo llevo, si no le importa.

Lucas atraviesa la calle.

—Han encontrado a una Adèle, jefe. En Béziers. Salió con prisas el jueves hacia París.

De cuando en cuando los jugadores les echan una mirada y oyen retazos de frases.

Las siete menos diez. El inspector Rondonnet y el comisario Piaulet están en medio de una conversación en un despacho de la policía judicial, cuyas altas ventanas dan al Sena, donde resopla el motor de un remolcador.

—¿Hola? ¿Hablo con Orgeval? Señorita, ¿quisiera hacer el favor de llamar al comisario Maigret?

La mano vuelve a aparecer en la ventana. Lucas va corriendo. Maigret estaba a punto de subir a la bicicleta con el bogavante en la mano.

—Para usted, jefe.

—¿Diga? Hola, Piaulet. ¿Hay novedades?

—Rondonnet cree haber encontrado algo. Según el portero del Sancho, que está justo enfrente del Pelícano, el dueño de esta sala de fiestas fue anoche a llamar por teléfono al bar de la esquina mientras estaba usted allí... ¿Diga? Sí... Un poco más tarde, se detuvo un taxi. No bajó nadie. El dueño habló en voz baja con alguien que estaba en el interior. ¿Comprende? Hay algo sospechoso en todo eso... Por otra parte, el sábado por la tarde hubo una pelea en el burdel de la calle Fontaine. Es difícil determinar exactamente por qué... Fue por un tipo que no frecuentaba el lugar...

—Ay... —gruñe Maigret.

—¿Qué pasa?

—Nada... El bogavante... Le escucho...

—Eso es todo, más o menos. Seguimos insistiendo. Algunos parece que saben mucho...

—Por mi parte... ¿Hola...? Busquen en los archivos... Un asunto, no sé cuál, de un robo o algo así, quizás de una estafa, hace unos trece meses... Hay que averiguar quién tenía en aquel momento a una tal Adèle por amante en el sector de la plaza Pigalle. Podéis llamar a cualquier hora de la noche. Lucas estará cerca del aparato. ¿Algo más?

—Un momento… Es Pondonnet, que está hablando por otro aparato y me dice algo… Le paso la comunicación…

—¿Hola? ¿Es usted, jefe? No sé si esto tendrá alguna relación… Se me ha venido a la cabeza porque la época coincide… En abril del año pasado… Me ocupé yo de aquello… En la calle Blanche, ¿se acuerda? Pedro, el gerente del Chamois…

Como el bogavante no quiere quedarse quieto, Maigret lo coloca delicadamente en el suelo y mascula:

—No te muevas.

—¿Cómo?

—Se lo digo al bogavante. A ver, Pedro… Recuérdamelo…

—Una pequeña sala de fiestas del tipo del Pelícano pero más vieja, en la calle Blanche… Un tipo delgado, siempre muy pálido, con un solo mechón blanco en medio del pelo negro…

—Sigue.

—Eran las tres de la mañana. Iba a cerrar. Se detuvo un coche, del que bajaron cinco tipos, sin parar el motor, y se metieron empujando al dueño, que ya estaba echando el cierre.

—Lo recuerdo vagamente…

—Empujaron a Pedro hasta una pequeña habitación tras la barra. Pocos después empezaron a oírse tiros, los cristales saltaron en pedazos, se tiraban botellas a la cabeza y luego se hizo bruscamente la oscuridad. Yo estaba en el barrio. Fue un milagro que llegásemos a tiempo para coger a cuatro tipos, incluido a Patasarriba, que se había refugiado en el tejado. Pedro estaba muerto con cuatro o cinco balas en el cuerpo. Uno de los asesinos pudo huir, y tardamos varios días en saber que se trataba de Albert Babeau, apodado el Músico, y también apodado el Enano, porque era muy bajito y usaba tacones para parecer más alto. Un momento, el comisario Piaulet me dice algo… No… Quiere hablar con usted… Le paso el aparato…

—Hola, Maigret. Yo lo recuerdo también. El expediente está en mi despacho… ¿Quiere usted que…?

—No vale la pena. Detuvieron al Músico en El Havre, me acuerdo de eso. ¿Cuántos días más tarde?

—Una semana más o menos. Fue gracias a una carta anónima…

—¿A cuánto lo condenaron?

—Para eso habría que ver a los sumarios… Fue Patasarriba el que se llevó más, porque faltaban tres balas en su revólver… Veinte años, si no recuerdo mal. Para los demás, las condenas fueron de entre uno y cinco años. Pedro tenía fama de guardar siempre grandes cantidades de dinero en su local, pero no se encontró nada. ¿Cree que puede ser eso? Escuche, ¿no quiere pasarse por aquí?

Maigret duda, su pie tropieza con el bogavante.

—Ahora no puedo. Escuche… Vea lo que se puede hacer. Lucas estará toda la noche en contacto. —Cuando sale de la cabina le anuncia a la encargada—: Le he dicho que no dormiría mucho esta noche. Ahora creo que no va a dormir nada.

Unas palabras a Lucas, que mira el bogavante con ojos tristes.

—Vale, jefe… Comprendido, jefe… ¿Hago esperar al taxi?

—Sí, por si acaso.

Y Maigret, ante una majestuosa puesta de sol, echa a andar de nuevo por ese camino que ha recorrido tantas veces en los últimos días. Contempla con satisfacción las casas de juguete de Jeanneville, que muy pronto dejarán de formar parte de su horizonte familiar y serán solo un recuerdo.

De la tierra asciende un buen olor, la hierba está reluciente, los grillos empiezan a cantar, y no hay nada más inocente y apacible que las verduras en los bancales bien cuidados de las huertas, donde los plácidos jubilados, con su sombrero de paja, empuñan sus regaderas.

—¡Soy yo! —anuncia el comisario al entrar en el vestíbulo del Cabo de Hornos, donde reina el aroma de la morcilla. —Se esconde el bogavante detrás de la espalda y le dice a Félicie—: Dígame, Félicie…, una pregunta muy importante… —Ella se pone ya a la defensiva—. ¿Sabe usted al menos hacer mayonesa? —Félicie sonríe altanera—. Pues bien: va a hacer una inmediatamente y a cocer a este señor…

Maigret está contento. Se frota las manos. Ve abierta la puerta del comedor, entra y frunce el ceño al ver la mesa puesta, un mantel de cuadros rojos, una copa de cristal, cubiertos, una bonita cesta de pan, todo para una sola persona.

No dice nada. Espera. Sospecha que ese bogavante que empieza a enrojecer al contacto con el agua caliente le valdrá durante mucho tiempo las bromas de su mujer. La señora Maigret no es celosa, o por lo menos eso dice ella: «¿Celosa de qué, Dios mío?», dice casi siempre con una risita poco natural. Pero cuando se hable en familia o entre amigos de la profesión de Maigret, repetirá invariablemente: «No siempre es tan terrible como se imaginan. A veces hace una investigación comiendo bogavante en compañía de una tal Félicie y después pasa la noche a su lado…».

Pobre Félicie. Sabe Dios que ella no piensa en pequeñeces. Va y viene, rumiando en su testaruda cabeza de normanda pensamientos ansiosos o desesperados. El crepúsculo la entristece, la inquieta. Por la ventana abierta sigue con la mirada a Maigret, que camina de un lado a otro. Tal vez se pregunta, como el Señor, si ese cáliz no se alejará jamás de ella.

Pero… ¿es que ha cortado flores el comisario? Él mismo las está arreglando en un jarrón.

—A propósito, Félicie, ¿dónde comía el pobre Lapie?

—En la cocina, ¿por qué? No valía la pena ensuciar el comedor por él solo.

—Claro, claro.

Y entonces él quita los cubiertos, el mantel, y pone la mesa cerca del gas butano, mientras ella, toda febril, siente que se le va a cortar la mahonesa.

—Si todo va bien, si se porta usted bien, seguramente tendré una buena noticia para usted mañana por la mañana.

—¿Qué noticia?

—Ya le he dicho que mañana por la mañana.

Aun en el caso de que no quisiera ser cruel con ella, no lo conseguiría. Le gusta ver cómo sufre, verla desamparada, con los nervios al límite… No puede evitar molestarla, como si quisiera vengarse de algo.

¿No será porque se siente un poco avergonzado de estar allí en lugar de dirigir las importantes operaciones que empiezan a desarrollarse en los alrededores de la plaza Pigalle? «El sitio de un general no está en mitad de la refriega...».

De acuerdo. Pero ¿es indispensable estar tan lejos que sea necesario organizar todo un sistema de estafetas, movilizar a la encargada del teléfono y hacer que el buen Lucas se pasee de Orgeval a Jeanneville y de Jeanneville a Orgeval como un simple cartero rural? «El hombre que busca el botín podría pensar en el cambio de muebles, quizá se le ocurra volver, y ¿quién sabe si se contentará con atontar a Félicie de un puñetazo?...».

Todo eso tiene sentido, pero son razones de poco peso. La verdad es que Maigret experimenta cierta satisfacción al quedarse allí, en esa atmósfera tranquila, casi irreal, del pueblo de juguete, mientras mueve con las mano los hilos de un mundo real y brutal.

—¿Por qué ha traído su plato?

—Porque quiero comer con usted. Se lo he dicho al invitarme. Es la primera vez, y probablemente la última, que cenaremos juntos. A menos que...

Maigret sonríe. Ella insiste:

—¿A menos que...?

—Nada. Mañana por la mañana, hija, hablaremos de todo esto y, si tenemos tiempo, haremos la cuenta de todas sus mentiras. Tome esta pinza. Pero si...

Y de repente, mientras comen a la luz de la lámpara, el comisario no puede evitar pensar: «Pero han matado a Pata de Palo...».

Pobre Pata de Palo… Curioso destino el suyo. Sentía tal aversión por la aventura que no se animó a emprender la más corriente: el matrimonio, lo que no impidió que se fuese al Cabo de Hornos a perder una pierna, al otro extremo del mundo, en un buque de tres mástiles.

Su deseo de paz lo condujo a Jeanneville, donde parece como si no tuvieran acceso las pasiones humanas, donde las casas son de juguete y los árboles se asemejan a los árboles de madera pintada que se ponen en las granjas de juguete de los niños.

Sin embargo, es allí donde va a buscarlo de nuevo la aventura, y le llega, amenazadora, de un sitio donde jamás ha puesto los pies, pues ni siquiera puede sospechar los horrores de la plaza Pigalle, donde habita un mundo aparte, esa especie de jungla parisiense en que los tigres llevan el pelo engominado y un Smith & Wesson en el bolsillo.

Una mañana como cualquier otra, cuidaba de su jardín con el sombrero de paja en la cabeza, trasplantando inocentes tomates, que quizás en su imaginación ya veía grandes y rojos, jugosos, con su fina piel brillando al sol, y pocos minutos más tarde estaba muerto, tendido en su habitación, en la que olía a cera y a campo.

Como en otros tiempos, Félicie come en una esquina de la mesa, interrumpiéndose sin cesar para vigilar una cacerola sobre el hornillo del gas o para echar agua hirviendo en la cafetera. La ventana está abierta al azul de la noche, que se vuelve como aterciopelado y que empieza a cubrirse de estrellas; los invisibles grillos se contestan; las ranas ocupan su puesto en el concierto; a lo lejos se oye pasar un tren; en el Anneau d'Or juegan a las cartas, y el fiel Lucas come chuletas en lugar de bogavante.

—¿Qué está haciendo?

—Fregar…

—Esta noche, no, hija. Está usted extenuada. Va a hacerme el favor de ir a acostarse. Claro que sí. Y cierre la puerta con llave.

—No tengo sueño…

—¿De verdad? Pues bien, voy a darle algo para que se duerma. Deme medio vaso de agua. Tome, dos comprimidos. Tómeselos ahora. No tenga miedo, no tengo la menor intención de envenenarla.

Félicie se los toma para demostrarle que no siente miedo. Ante los aires paternales de Maigret, Félicie necesita repetir, una vez más:

—A pesar de todo, lo odio. Un día lamentará todo el daño que me está haciendo. Por otra parte, mañana me marcho.

—¿Adónde?

—A cualquier sitio. No quiero volver a verlo. No pienso quedarme en esta casa, en la que puede usted hacer lo que quiera.

—De acuerdo. Mañana.

—¿Adónde va usted?

—Subo también. Quiero asegurarme de que está bien en su habitación… Muy bien. Los postigos están cerrados. Buenas noches, Félicie.

Cuando baja a la cocina, el caparazón del bogavante sigue en un plato de loza, y continuará viéndolo toda la noche.

El reloj sobre la repisa negra de la chimenea marca las nueve y media cuando el comisario se quita los zapatos, sube sin ruido, escucha y confirma que Félicie, dormida por el Gardenal, descansa apaciblemente.

Las diez menos cuarto. Maigret está sentado en el sillón de mimbre de Pata de Palo. Fuma su pipa con los ojos entornados. Un motor de automóvil en el campo, una portezuela que golpea. Lucas que, en la oscuridad del vestíbulo, tropieza con el perchero de bambú y lanza un juramento.

—Acaban de telefonear, jefe…

—¡Chis! Habla en voz baja. Félicie está durmiendo.

Lucas mira el bogavante con un poco de rencor.

—El Músico tenía una mujer a la que llamaban Adèle. Han encontrado su expediente. Su verdadero nombre es Jeanne Grosbois, nacida en los alrededores de Moulins…

—Continúa…

—Cuando el golpe del Chamois, trabajaba en el Tivoli de Ruan. Se marchó al día siguiente de la muerte de Pedro.

—Debió de acompañar al Músico a El Havre… ¿Y después?

—Se quedó varios meses en Tolón, en las fiestas de horticultura, y luego en Béziers. No ocultaba que su hombre estaba en la cárcel.

—¿Se la ha vuelto a ver por París?

—El domingo. Una de sus antiguas compañeras la vio en la plaza Clichy. Adèle le anunció que pronto se va a Brasil…

—¿Eso es todo?

—No. El Músico fue puesto en libertad el viernes pasado…

Todo eso forma parte del trabajo de la casa, como dice Maigret. A esa misma hora, los coches de la policía se encuentran al acecho en los alrededores de la plaza Pigalle. En el Quai continúa el interrogatorio de esos señores que se impacientan y que empiezan a notar que el asunto no está claro.

—Llama para que te manden inmediatamente una foto del Músico. Deben de tener alguna en el expediente. Mejor no… Llama y manda al taxi.

—¿Nada más, jefe?

—Sí. Cuando vuelva el taxista con la fotografía, te vas a Poissy. Hay un merendero cerca del puente. Estará cerrado. Despiertas al dueño. Es un viejo maleante. Le pones la foto en las narices y le preguntas si es ese el tipo que el domingo por la tarde se peleó con Félicie en el merendero.

El coche se aleja. De nuevo se hace el silencio. Maigret calienta en su mano el vasito de coñac que se ha servido y que saborea mirando de vez en cuando al techo.

Félicie, mientras duerme, se ha dado vuelta y el somier ha crujido. ¿Con qué estará soñando? ¿Tendrá tanta imaginación de noche como de día?

Las once. En las buhardillas del Palacio de Justicia, un empleado con delantal gris saca de un expediente dos fotografías muy nítidas, una de frente y otra de perfil, y se las entrega al taxista, que debe llevárselas a Lucas.

En los alrededores de la plaza Pigalle, la muchedumbre sale de los cines de Montmartre. Las aspas luminosas del Moulin Rouge giran por encima de la multitud, entre la que los autobuses se abren paso con dificultad. Los vigilantes, de rojo, de azul o de verde, y los porteros negros montan guardia a la puerta de las salas de fiesta, mientras el comisario Piaulet, desde el centro de la mediana, supervisa las operaciones invisibles.

Janvier ha tomado posiciones en el bar de la insuficientemente iluminada sala del Pelícano, donde los músicos sa-

can los instrumentos de sus fundas, y se fija en que un camarero entra de la calle con cara de susto y se lleva al dueño a
los lavabos.

Al margen de la buena gente que ha pasado una noche agradable y se bebe unas cervezas en las terrazas antes de ir a acostarse, el otro Montmartre, el que acaba de empezar a vivir, está
plagado de rumores, de cuchicheos… En el ambiente reina el
nerviosismo. El dueño regresa del lavabo, sonríe a Janvier y
habla en voz baja a una de las mujeres sentadas en un rincón.

—No creo que me quede hasta muy tarde esta noche.
Estoy cansada… —oye que dice la mujer.

Hay muchas como ella que, al notar la presencia de los
coches de la policía, no tienen muchas ganas de eternizarse
en el sector peligroso. Pero en el bulevar Rochechouart, en la
calle Douai o en la de Notre-Dame-de-Lorette, en todas las
salidas del barrio, esas personas ven de repente surgir de
las sombras a personajes difuminados.

—Documentación.

El resto depende del humor que tenga.

—Pase.

O, con mayor frecuencia:

—Suba.

Esto, refiriéndose a los furgones policiales, cuyos faros
brillan débilmente a lo largo de las aceras.

¿Estarán el Músico y Adèle dentro de la ratonera? ¿Pasa-
rán a través del cerco? De cualquier manera, saben lo que
ocurre. Aunque estén escondidos en un desván, algún alma
caritativa habrá acudido a advertirles.

Las doce menos cuarto. Lucas, que mata el tiempo jugando al dominó con el propietario del Anneau d'Or (no

queda más que una lámpara encendida en la sala desierta), se levanta al oír el taxi que se detiene fuera.

—Tengo para media hora, más o menos —le anuncia al dueño—. Lo que tarde en bajar hasta Poissy y luego en ir a decirle dos palabras al comisario.

El merendero está a oscuras. Los pasos de Lucas resuenan en la calma de la noche; primero, una mujer con bigudíes se asoma por una ventana.

—Fernand... Es para ti.

Luz, pasos, gruñidos, la puerta se entreabre.

—¿Cómo? ¿Qué dice usted? Ya me figuraba que esto me traería líos... Yo pago mis impuestos... Tengo gastos... No quiero meterme en complicaciones.

Junto a la barra, en la sala grisácea, con los tirantes colgando de los pantalones y el cabello revuelto, mira las fotografías.

—De acuerdo. En fin... ¿Qué es lo que quiere saber?

—¿Este es el tipo al que abofeteó Félicie?

—¿Algo más?

—Nada. Con eso basta. ¿Lo conocía de antes?

—Nunca lo había visto hasta ese día. ¿Qué ha hecho?

Medianoche. Lucas baja del coche y Maigret se sobresalta en su sillón, como una persona dormida a la que despiertan de golpe. Apenas parece interesado por lo que le cuenta el cabo.

—Ya lo suponía.

Con esa clase de individuos, por muy malos que sean o crean ser, se juega sobre seguro. Uno los conoce. Puede prever lo que van a hacer. No es como con ese bicho raro de Félicie, que tan difícil se lo ha puesto al comisario.

—¿Qué hago, jefe?

—Regresa a Orgeval. Juega al dominó y espera a que llamen por teléfono.

—Cómo ha sabido que estaba jugando al dominó?

—Porque estáis los dos, el dueño y tú, y tú no sabes jugar a las cartas.

—¿Cree que pasará algo por aquí?

Maigret se encoge de hombros. No lo sabe. Eso no tiene importancia.

—Buenas noches.

La una de la madrugada. Félicie se ha puesto a hablar en sueños. Maigret, tras la puerta, trata de oír lo que dice, pero no lo consigue. Por inercia gira el picaporte y la puerta se abre.

Maigret sonríe. Qué amable por parte de ella… A pesar de todo, confía en él, pues no ha cerrado con llave. Escucha un momento su respiración, las sílabas confusas que murmura como una niña. Ve la mancha blanquecina de la cama, su cabello negros sobre la almohada… Vuelve a cerrar con cuidado la puerta y baja las escaleras de puntillas.

En la plaza Pigalle suena un silbido estridente. Es la señal. Todas las salidas están cerradas. Los agentes de uniforme van delante y cogen al vuelo a hombres y mujeres que salen de todas partes y que tratan de atravesar el cordón policial. Una gorda en traje de noche le muerde cruelmente el dedo a un agente. Los furgones policiales están abarrotados.

El dueño del Pélican, en la puerta de su local, saca nerviosamente su pitillera y protesta:

—Les aseguro, señores, que en mi casa no hay nada. Algunos americanos borrachos…

Alguien le tira de la chaqueta al joven inspector Dunan, el que por la tarde recibió a Maigret en el hotel Beauséjour. Vaya, pero si es el mozo del hotel... Sin duda ha venido a curiosear.

—Rápido... Es ella...

Señala la puerta acristalada de un bar en el que solo se ve al dueño detrás del mostrador. Al fondo se ha cerrado una puerta, y el inspector ha tenido tiempo de ver una silueta femenina.

—Es la que vino con el tipo.

Adèle. El inspector llama a dos agentes. Corren hacia la puerta, atraviesan los lavabos desiertos, se meten por una escalera estrecha que huele a humedad, a vino malo y a orina.

—Abra...

Ante ellos, un sótano. La puerta está cerrada con llave. Uno de los agentes la derriba de un empujón.

—Arriba las manos los de ahí adentro.

La linterna ilumina toneles, cajones de botellas y cajas de aperitivos. No se oye nada. Pero, al quedarse inmóviles según les ordena el inspector, se adivina como una respiración entrecortada, se podría jurar que se oyen los latidos de un corazón asustado.

—Póngase en pie, Adèle.

Salta llena de rabia de detrás de un montón de cajones, se debate sin esperanza, como si quisiera escapar al menos de los tres policías, que tienen extraordinarias dificultades para ponerle las esposas.

—¿Y tu hombre?

—No sé.

—¿Qué hacías en la calle?

—No sé.

Sonríe maliciosamente.

—Es más fácil echarse encima de una mujer indefensa que sobre el Músico, ¿verdad?

Le han quitado el bolso. Lo abren sobre la barra y solo encuentran una tarjeta profesional, un poco de calderilla y cartas escritas a lápiz, sin duda las que el Músico le hacía llegar desde la prisión, porque están dirigidas a Béziers.

Un primer furgón policial rebosante se dirige a los calabozos, en los que esta noche dormirá mucha gente. Muchos caballeros en esmoquin, muchas damas en traje de noche. Incluso se ha detenido a numerosos camareros y porteros.

—Aquí está la chica, señor comisario.

El comisario Piaulet pregunta, sin demasiada esperanza:

—¿Seguro que no quieres confesar? ¿Dónde está él?

—No lo encontraréis.

—Lleváosla. Pero no en un furgón. Enviádsela a Rondonnet.

En las pensiones se llama a todas las puertas y se comprueba la documentación. Los hombres, en mangas de camisa, están muy molestos de que los encuentren allí y de que no los encuentren solos.

—Solamente le pido que proceda de tal modo que mi mujer…

Claro, claro.

—¿Hola? ¿Es usted, Lucas? Dígale a Maigret que Adèle está aquí. Sí… No cuenta nada, claro… No, sin noticias del Músico. La interrogamos, sí. Continúa la vigilancia del barrio.

Ahora que ya ha pasado lo más grave, casi reina la calma en los alrededores de la plaza Pigalle, una calma plana, como después de una tormenta. Las calles están más silenciosas que de costumbre, y los noctámbulos que llegan del centro de la ciudad se asombran al ver tan lóbregos los cabarets, al ver que los voceadores de los clubes los llaman sin demasiada convicción...

Las cuatro. Es la tercera vez que Lucas entra en el Cabo de Hornos. Maigret se ha quitado la corbata y el cuello postizo.

—¿No tendrás tabaco por casualidad? Hace media hora que me he fumado la última pipa...

—Han detenido a Adèle.

—¿Y él?

Le da miedo equivocarse, pero... El Músico está sin un céntimo. Tiene la casi absoluta certeza. La víspera de su salida de la prisión, Adèle hubo de irse de Béziers sin dinero. Él se fue a Poissy. Era domingo. ¿Llegó tal vez hasta Jeanneville? Siguió a Félicie hasta el merendero. Si pudiera seducir a la criadita vestida de cacatúa, ¿no se le simplificarían las cosas? Así tendría entrada en la casa...

Ella le da una bofetada.

Al día siguiente, lunes, matan al viejo Lapie en su dormitorio. El Músico tiene que escapar sin llevarse su botín.

—¿A qué hora han detenido a Adèle?

—Hace una media hora. Nos han llamado de inmediato.

—Vete. Llévate el taxi.

—¿Cree usted que él…?

—Vete, te digo.

Maigret cierra la puerta, vuelve a ocupar su sitio en la cocina, cerca de la ventana, después de haber apagado la luz y de haber reparado una vez más en el caparazón del bogavante.

8

El café con leche de Félicie

Félicie tiene los ojos completamente abiertos. No sabe con exactitud qué hora es. La noche anterior se olvidó de darle cuerda al despertador, como suele hacer. La habitación está sumida en la penumbra, y del día que comienza solo se ven algunos rayos plateados entre las lamas de la persiana.

Félicie aguza el oído. No sabe nada. Está aún atontada, como cansada por haber dormido con un sueño demasiado profundo, y al principio no consigue separar lo real de lo soñado. Se ha peleado; recuerda haber discutido con vehemencia; incluso se ha pegado con ese hombre plácido al que tanto detesta y que ha jurado destruirla. ¡Oh, cómo lo odia…!

¿Quién abrió la puerta? Porque alguien abrió la puerta durante la noche. Félicie esperaba, ansiosa. Estaba oscuro. Una luz amarillenta llegaba del rellano, después la puerta se volvió a cerrar y se oyó el ruido de un motor. Todo su sueño ha estado turbado por ruidos de motor.

Félicie no se mueve, no se atreve a moverse, le parece que un peligro la amenaza, siente un peso en el estómago… El bogavante. Se acuerda. Comió demasiado bogavante. Luego tomó una droga… Él la obligó a tomar una droga…

Sigue aguzando el oído. ¿Qué pasa? Hay alguien en la cocina. Reconoce el ruido familiar del molinillo de café. Félicie piensa que debe de estar soñando. No es posible que alguien esté moliendo café…

Mira al techo con todo su cuerpo en tensión. Están echando agua hirviendo. El aroma asciende por el hueco de la escalera y llega hasta ella. Ruido de loza. Otro ruido que conoce perfectamente, el del azucarero al abrirlo; la puerta de la alacena.

Alguien sube. Y la víspera no cerró la puerta, lo recuerda. ¿Por qué no le dio vuelta a la llave? Por orgullo, sí. Para que no pareciera que tenía miedo de ese hombre. Félicie se prometió levantarse después a cerrar la puerta sin hacer ruido, cuando el comisario hubiera bajado, pero se quedó dormida.

Llaman a la puerta. Félicie se incorpora sobre un codo. Mira con angustia la puerta con los nervios en tensión. Llaman otra vez.

—¿Qué pasa?

—El desayuno…

Con el ceño fruncido busca su bata, no la encuentra y se mete rápidamente entre las sábanas en el momento en que la puerta se abre. Ve, en primer lugar, una bandeja cubierta con un mantelito, una taza azul…

—¿Ha dormido bien?

Maigret está más tranquilo que nunca. No parece darse cuenta de que se encuentra en la habitación de una señorita y de que esta está acostada.

—¿Qué quiere de mí?

Maigret coloca la bandeja sobre el velador. Se lo nota fresco, activo. ¿Dónde se habrá lavado? Abajo, sin duda. En la cocina o en el pozo. Aún tiene el pelo húmedo.

—Usted toma café con leche por la mañana, ¿verdad? Desgraciadamente, no he podido alejarme para ir a casa de Mélanie Chochoi a comprar pan recién hecho. Coma, hija. ¿Quiere que me dé la vuelta mientras se pone la bata?

Félicie obedece a su pesar y bebe un trago de café con leche bien caliente, se queda inmóvil, con la expresión en suspenso.

—¿Quién está abajo?

Alguien se ha movido, Félicie está segura.

—¿Quién está abajo? Contésteme.

—El asesino.

—¿Cómo dice?

Ha salido de la cama de un salto.

—¿Qué está tramando ahora? Se ha propuesto volverme loca… No hay nadie que me defienda, nadie para…

El comisario se ha sentado al borde de la cama, la mira agitarse, niega con la cabeza y suspira:

—Sí, le digo que es el asesino quien está abajo. Suponía que volvería. En su situación, solo le quedaba jugarse el todo por el todo. Aparte de que debió de creer que yo dirigía las operaciones en París. No imaginó que me obstinaría en vigilar la casa.

—¿Que ha venido…?

Félicie se domina. Pero no aguanta mucho. Coge a Maigret de las muñecas, grita:

—Pero ¿quién? ¿Quién es? ¿Cómo es posible que…?

Tiene tantas ganas de saber, que se precipita hacia la escalera para ir a ver, sola, delgada y nerviosa, con su bata de un azul intenso, pero enseguida se detiene, aterrorizada.

—¿Quién es?

—¿Sigue odiándome?

—Sí… No sé…

—¿Por qué me mintió?

—Porque…

—Escúcheme, Félicie…

—No puedo escucharle… Quiero abrir la ventana… Pedir socorro…

—¿Por qué no me dijo que el lunes por la mañana, al volver, vio a Jacques Pétillon saliendo a toda prisa del jardín? Usted lo vio… Tuvo que pasar por detrás de la tapia. El viejo fue a la alacena a coger la garrafa y los vasos para su sobrino. Creyó que venía a hacer las paces, a pedirle perdón… Qué sé yo…

Félicie le escucha completamente inmóvil, sin un gesto y sin una protesta.

—Usted creyó que Jacques había asesinado a su propio tío. Encontró usted la pistola en su habitación y se la guardó en el pecho durante tres días antes de librarse de ella deslizándola en el bolsillo de un viajero del metro. Se consideraba una heroína. Quería salvar a toda costa al hombre al que ama, el cual ni siquiera lo sabe, el pobre… A pesar de que a causa de las mentiras de usted estuvo a punto de ser detenido por un crimen que no había cometido…

—¿Cómo lo sabe?

—Porque el asesino está abajo.

—¿Quién es?

—Usted no lo conoce.

—Sigue tratando de engañarme… Pero no contestaré a nada. ¿Me entiende? No voy a decir nada. En primer lugar, salga de aquí y deje que me vista. No… Quédese… ¿Por qué vino Jacques precisamente el lunes por la mañana?

—Porque el Músico se lo había pedido.

—¿Qué músico?

—Un compañero. En París uno traba amistad con individuos de todas clases, buenos y malos. Sobre todo cuando se es saxofonista en una sala de fiestas. Haría usted bien tomándose el café mientras aún esté caliente.

Maigret abre la persiana y se asoma a la ventana.

—Mire… Ahí va su amiga Léontine a buscar el pan. Mira hacia aquí. ¡Qué de historias va a tener para contarle!

—No le contaré nada.

—¿Qué nos apostamos?

—Yo no apuesto con usted.

—¿Sigue odiándome tanto?

—¿Es inocente Jacques?

—Si es que sí, usted ya no me odia…, si es que no, al contrario… ¡Dichosa Félicie! Pues bien: Jacques es culpable de haber dado hospitalidad durante una o varias noches, hace poco más de un año, cuando vivía en esta casa, bajo el techo de su tío, a un individuo al que había conocido en Montmartre. Ese individuo era Albert Babeau, llamado el Músico, también llamado el Enano.

—¿Por qué Enano?

—No lo comprendería usted. El Músico, perseguido por la policía después del golpe del Chamois, se acordó de su amigo Pétillon, que vivía entonces en el campo, en casa de su viejo tío. Un buen escondite para un joven al que busca la policía.

—Me acuerdo… —dice de repente Félicie.

—¿De qué?

—De la única vez que Jacques…, de la única vez que fue grosero conmigo… Yo había entrado en su habitación sin llamar. Me dio tiempo de oír un ruido, como si escondiera algo…

—Era *alguien* lo que se escondía, alguien que no debía estar ahí… Y ese alguien, antes de marcharse, juzgó prudente esconder su botín debajo de una de las tablas del armario. Luego lo detuvieron y ha estado un año en la cárcel… ¿Por qué me mira de esa manera?

—Por nada, continúe.

Félicie ha enrojecido. Aparta el rostro porque, sin querer, estaba mirando al comisario con admiración.

—Por supuesto, al salir de la cárcel, sin un céntimo, le hizo falta su botín. Primero pensó en cortejarla a usted, lo cual podía ser un medio cómodo de entrar en esta casa…

—¡A mí! Se figurará usted que yo…

—Usted lo abofeteó. Entonces se fue a buscar a Pétillon y le contó cualquier cosa, que había dejado aquí alguna cosa importante, que necesitaba su ayuda para recuperarla… De modo que mientras Jacques charlaba con su tío en el jardín…

—Comprendo.

—Ya iba siendo hora…

—¡Gracias!

—De nada… Pata de Palo debió de oír algún ruido. Sin duda tenía el oído fino…

—Demasiado…

—Subió a su habitación, y el Músico, sorprendido cuando iba a encaramarse a una silla, perdió la cabeza y le metió una bala en el cuerpo. Pétillon, asustado por la detonación, huyó, y el asesino escapó por otro lado. Usted vio a Jacques, a su Jacques con no sé cuántas mayúsculas, pero no vio al Músico, que seguía otro camino. Eso es todo. Jacques no dijo nada. Cuando vio que sospechaban de él, se asustó como el chiquillo que es…

—¡Eso no es verdad!

—¿No quiere usted que sea un chiquillo? De acuerdo. Entonces es un imbécil. En lugar de venir a contármelo todo, se le metió en la cabeza encontrar al Músico para pedirle cuentas. Lo buscó en todos los lugares turbios donde sabía que podía dar con él; incluso se fue a Ruan, como último recurso, para preguntar a su amante.

—¿Cómo conocía él a esa mujer? —pregunta Félicie, asaltada por los celos.

—Eso, hija mía, lo ignoro. En París, ya sabe usted… En resumen: Pétillon se puso nervioso. Llegó al límite. Una noche no pudo más y estuvo a punto de hablar, pero el otro, advertido, le pegó un tiro para que aprendiera a callarse.

—No hable así…

—La misma noche, el Músico vuelve aquí con la esperanza de hacerse al fin con su dinero. No puede usted figurarse lo difícil que es escapar de la policía cuando no se tiene ni un franco. No encuentra nada encima del armario. Y entonces le deja a usted un pequeño recuerdo. Si el dinero no estaba aquí, tal vez lo había descubierto Pétillon…, y por ese motivo Adèle se encargó de visitar la habitación de Jacques en la calle Lepic. Nada más. Anoche Montmartre estaba en estado de sitio. El hombre se ve apurado… Detienen a Adèle… El Músico logra atravesar el cordón policial, Dios sabe cómo, y, más obstinado que nunca, como solo pueden estarlo ese tipo de personas, se va en taxi a Poissy. Como no tiene un céntimo, al taxista le paga con un porrazo en la nuca.

Félicie se estremece. Mira la cara de Maigret como si viera el desarrollo de las inquietantes peripecias de una película.

—Entonces ¿vino aquí?

—Vino. Con cuidado, sin hacer ruido. Atravesó el jardín sin hacer crujir una sola rama, y luego pasó ante la ventana abierta de la cocina, y entonces…

Félicie mira a Maigret como a un héroe. Está maravillada.

—¿Se han peleado los dos?

—No. En el momento que menos se esperaba, sintió el desagradable contacto de un cañón de pistola en la sien.

—¿Qué hizo él?

—No hizo nada. Dijo: «Mierda. Me han cogido».

Félicie está decepcionada. No. No es posible que las cosas hayan sucedido tan fácilmente. Vuelve a asaltarla la desconfianza, y sus rasgos se endurecen.

—¿No está usted herido?

—Ya le digo que no.

¡Lo que ocurre es que él tiene miedo de asustarla! Félicie está segura de que se peleó con el asesino, de que Maigret es un héroe, que…

De repente ve la bandeja sobre el velador.

—¡Y ha molido el café! Se le ocurrió el… la… la idea de prepararme café con leche, de subirme el desayuno…

Se va a poner a llorar… Llora de enternecimiento, de admiración…

—Ha hecho usted eso… Pero ¿por qué? Dígame por qué…

—¡Caramba! ¡Porque la odio! La odio de tal forma que cuando Lucas venga con el taxi me iré y me llevaré mi salchichón… Se me olvidó decirle que el Músico está atado como un salchichón. He tenido que cogerle prestado un poco de cuerda al pobre Lapie.

—¿Y yo?

Maigret tiene que esforzarse para no sonreír ante ese «¿Y yo?», en el que ella ha puesto toda su alma sin saberlo.

¿Y yo? ¿Me quedaré sola? ¿No habrá ya nadie que me tome en serio? No habrá nadie para interrogarme, para molestarme, nadie que me…

¿Y yo…?

—Arréglese con Jacques. Siguen vendiendo uvas, naranjas y champán en esa tienda del barrio de Saint-Honoré que usted ya conoce. He olvidado las horas de visita al hospital, pero puede usted ir y preguntar.

Se acerca un taxi, cuyo contorno, tan familiar en París, sorprende un poco en ese camino que serpentea entre los campos.

—Será mejor que se vista usted —dice Maigret.

Y mientras ella se dirige a la escalera, sin volverse, la oye decir:

—¿Por qué es usted tan malo conmigo?

Un instante después, el comisario da vueltas alrededor del Músico, que está atado en el sillón del viejo Lapie. Por encima de su cabeza oye el ir y venir de los pasos, ruido de agua, de vestidos que se descuelgan del armario, un zapato que cae y que alguien recoge, la voz de alguien que, en su nerviosismo, no puede callarse y habla con las paredes...

No hay duda. Ahí está Félicie.

« Certes, ils préfèrent que je ne voie pas certaines choses.
Mais ce qu'il ne faut surtout pas, c'est que je leur en raconte d'autres ».

« — Vous direz tout?
— Et vous?
— J'essaierai. Si je n'y parviens pas, je m'en voudrais toute ma vie ».

«Sin duda, prefieren que yo no vea ciertas cosas.
Pero lo que no debe ocurrir, sobre todo, es que les cuente otras».

«—¿Usted lo dirá todo?
—¿Y usted?
—Trataré. Si no lo consigo, me lo reprocharé toda la vida».

PEUPLES QUI ONT FAIM, 1934